JN330781

私は言葉だつた

初期山中智恵子論

江田浩司

北冬舎

私は言葉だつた　初期山中智恵子論

目次

装丁＝大原信泉

私は言葉だつた

初期山中智恵子論

第1章　『空間格子』の方法1

第一歌集『空間格子』は、第二歌集『紡錘』以降に完成される山中智恵子独自のすぐれた短歌テクストの過渡的な形態とされ、今日まで必ずしも高い評価を受けてはいない。しかし、過渡的なゆえに、この歌集における山中の試行には短歌創作への純粋な詩的苦闘がある。山中が、「新しく構成しようとするリアリズム」にどのように取り組んだのか、『空間格子』が提示した問題は現在でも重要である。その重要性は、短歌という詩型の構造的問題と詩的問題にリンクしたものであり、ここでの山中の試行は根元的に詩としての短歌を問う試みであると言える。

また、『空間格子』のもっとも前衛的な部分は、短歌表現の破綻と見なされる試行から可能性を紡ぎ出すテクストとして、私たちの前に提出されている。それはただ単に、短歌表現の可能性の拡張にとどまらない問題性を提示している。

『空間格子』には、一九四七年から五六年までの十年間のテクストが２８０首採録されている。全体は二部構成になっており、前半に「記号論理」というタイトルのもと、一九五四年から五六年までの三年間のテクストから２０１首。後半に「雅歌」というタイトルのもと、一九四七年から五三年までの七年間のテクストから79首が採録されている。

「記号論理」は、全体が15のタイトルを持つ［連作的］な章段によって構成される。ここで、あえて［連作的］と言ったのは、これらの章段におけるテクスト相互の結び付きが緩やかな関係性を感じさせるものが多いからである。連作としての構造的な言葉の磁場はさほど強力ではなく、むしろ一首の独立性を強く感じさせるテクストのほうが多い。

また、テクスト相互の関係性と同時に、テクスト外部のコンテクスト、相互関連性を持つ外的なテクストも総合的に関連付けて考えてみなければならない。

1

「記号論理」前半部分での特徴的なことは、次の点である。

①一字空白を含む短歌が多いこと。（ただし、一首中に、二か所一字空白を含む短歌が一首ある。）

②一人称を含む短歌が意外に少ないこと。（これについては、その数よりも一字空白を含む短歌との関連性において興味深い。）

③象徴性の強い語彙的メタファーの多用。

これら三つの特徴は、相互に関連性を持っている。特に、①と②の関連性については、第二部の「雅歌」をも含めて、もう少し詳しく見ていきたい。

「記号論理」と「雅歌」、そして『空間格子』全体に対して①と②を求めると、次のようになる。

〔前半部分〕
1「洪水伝説」　（20首中　①10　②1）
2「暦」　（8首中　①3　②0）
3「偏在する鳥」　（11首中　①3　②1）
4「曲率」　（7首中　①4　②0）
5「貝類図譜」　（7首中　①3　②1）
6「走るかなしみ」　（3首中　①1　②0）
7「忘却曲線」　（21首中　①5　②2）
8「形象」　（11首中　①1　②1）
9「大三角」　（12首中　①4　②0）

〔後半部分〕
10「土偶と風の章」　（7首中　①0　②2）
11「粗描」　（30首中　①2　②12）
12「石をつむ群」　（12首中　①2　②2）
13「牧歌」　（16首中　①4　②5）

14「木管楽器」　（15首中　①2　②0）
15「わが朧しこと」　（21首中　①1　②8）

〔前半部分〕　（100首中　①34　②6）
〔後半部分〕　（101首中　①11　②29）
「記号論理」全体　（201首中　①45　②35）
「雅歌」全15章　（79首中　①4　②17）
『空間格子』全体　（280首中　①49　②52）

「記号論理」の前半部分には、一字空白を含むテクストが多く、一人称を含むテクストは少ない。また、後半部分では、その逆の現象が見られる。なお、「雅歌」では、さらにその数字が逆転している。『空間格子』が逆年順に構成されていることから考えて、ここに現われている結果は偶然に起こったことではない。

「記号論理」の前半部分に一字空白を含む短歌が多いのは、なぜなのか。作者の意図的な方法意識の推移が、その数字には隠されているだろう。その点について考察したい。

比較検討するテクストは、構造上の基準を同じものにするため、一字空白を含む短歌に絞る。また、「雅歌」のテクストを総称してAとし、「記号論理」後半部分のテクストをB、「記号論理」前半部分のテクストをCとする。A↓B↓Cの流れは、テクストの創作時期に即している。

A

地熱護るトバル・カインの槌の音　心すまし聴けばこの世は雪降り

月代と稲田はるかな木幡道　追へ未来を織りしものを

夜の霧きりひらくやうな車窓の灯　過ぎゆきて眼の冷たい痛み

我に来よ眉ひきしむる阿修羅仏　遠い凍雲に火花が散れば

B

さかさまに陥ちゆきし模像火を放てり　ととのへし階調にまた生きるべし

薔薇の枝にかこまれてゐる朝の貌　つくられた空間は抜け出づるべし

押しあぐればそれより速く陥つる巨石　悲歌うたふ群像に朝あけてまた夜

光なく重く渦まく人のながれ　眼をもてるひとがまたそこに溺れ

C

教会はクレドに満てり　風下の濡れた土手の下の羊歯の化石

皿の上に載せられて青き魚とレモン　切り離されしレクイエム・ミサ

捧げるものなくなりしという物語の絵　石庭に来て叫ばぬ石あり

幾たびひろがりて止む礁島の原子雲　偶像は泥の足して

Aグループのテクストに共通して言えることは、一字空白の機能が非常に緩やかなことである。これらのテクストでは、空白を境にして、上句と下句が意味とイメージを直接補完し合い、一首全体で、命題的な象徴空間をバランスよく創り出している。また、一首に流れている「時間」も、上句と下句で「継続」、ないしは「共通」しており、その意味では、Aグループの一字空白そのものは、「断絶」あるいは「切れ」という、本来持っている機能は果たしていない。漢字の後に漢字が続くことを避ける、という意味はあるかもしれないが、それ以外に特に一字空白にする必然性は認められない。

このグループのテクストは、一首の総合的な意味の安定性は増すが、定型という殻の中に静かに収まっており、従来のリアリズムを食い破るような試行には届いていない。

Bグループでは、4首目のテクストは、Aグループのテクストと同様に、一字空白を挟んだ上句と下句の直接的な意味とイメージの補完、時間の継続性が見られる。しかし、他の3首では、一字空白を挟んだ、上句と下句の言葉が喚起する語彙的な象徴性は、必ずしも相互で直接補完し合い、一つの明確な像を創り出すという喩的な関係性を成立させているとは言い難い。それは、上句と下句、それぞれの語彙的な象徴性が指示する内容の意味的な差異が、ノイズとして一首全体の命題的な象徴性に働きかけているからである。

そこでの一字空白の機能は、空白という「切れ」によって、上句と下句の命題的な象徴性に対する指示の差異を意識化させる。よって、一首全体で命題的な象徴空間をバランスよく創り出している。Aグループのテクストよりも、衝撃的な詩的言語空間を創り出そうと試みているようである。また、一首に流れている「時間」も、上句と下句で継続しているとは言い難い曖昧さを残している。

Cグループは、Bグループよりさらに徹底されている。しかし、これらのテクストでは、上句と下句、1首目の場合は、二句目までと三句目以下の語彙的な象徴性の差異があまりにも大きいために、一首全体の命題的な詩的象徴性を求めようとすると、一字空白の部分に決定的な亀裂が生じてしまう。その亀裂には、外部から次元の違うさまざまなコンテクストや相互関連的なテクストが介入し、言葉の磁場を形成して命題的な詩的全体像を衝撃的に結ぼうとする。しかし、そのように機能する言葉の磁場をもってしても、上句と下句の語彙的な象徴性はその距離を統一的に縮めることができない。一首のモチーフは意味のカオスを呼び寄せ、イメージの混沌とした重層性が立ち現われる結果になる。

また、Cグループのテクストは、一首の中を流れる「時間」が、上句と下句で、次元、性質を異にしている。これは一字空白を介しての「断絶」によるものというよりも、上句と下句それぞれの意味的な独立性とイメージの差異が強い結果である。

A、B、Cそれぞれのグループの一字空白の機能と、そこから導き出せるものは、発展的に多様性を増していく一字空白の機能が、『空間格子』における山中の方法的な試行の中にあったということである。

Cグループの歌群に、山中は、語彙的な象徴性を統合し、一首全体の命題的な象徴性へと完結的な一つの「像」に昇華させるのではなく、一首の中に意味のカオスないしはイメージの重層性をもたらす言語装置を導き入れた。

なお、Cグループのようなテクストを、シュールレアリスムの影響から論じる分析があるが、私はそのような論には与しない。山中の難解な初期テクストは、シュールレアリスムの手法などとは異質なものであり、短歌の構造的な詩型の力学と密接に結びつくものである。

2

次に、一字空白を含む短歌が増えるのに比例して一人称を含む短歌が減っていくこととは、どのような相関関係があるだろうか。この問題は短歌という詩型の言語構造的な機能に密接な関わりを持っている。

短歌は「私性」に収斂していく詩型である。一首の中に一人称が使われていなくとも、テクストの背後に一人の人物を想定しないかぎり、自立しえない詩型であるとされる。

次に引用する文章は、岡井隆が、『現代短歌入門』で、短歌の「私性」に触れた有名な一節である。

所詮、短歌は〈私性〉を脱却しきれない私文学である、などとあきらめたような言い方をする人があるが、こういう無気力な受け身の肯定も、他方また、短歌に〈私性〉を脱した真に客観的な人間像の表現を期待するオプチミストも、結局、短歌の生理に暗い点においては同罪でしょう。短歌における〈私性〉というのは、作品の背後に一人の人の――そう、ただ一人だけの顔が見えるということです。そしてそれに尽きます。そういう一人の人物（それが即作者である場合もそうでない場合もあることは、前に注記しましたが）を予想することなくしては、この定型短詩は、表現として自立できないのです。その一人の人の顔を、より彫り深く、より生き生きとえがくためには、制作の方法において、構成において、提出する場の選択において、読まれるべき時の選択において、さまざまの工夫が必要である。

（初版『現代短歌入門』一九六九年、大和書房刊）

短歌における「私性」の問題は、どこまでも短歌創作の核としてつきまとってくる課題である。短歌と「私性」との親和性が、たとえアンビヴァレントなものであるにしても、この問題を短歌から切り離すことはできない。

この文章は、当時、短歌における「私性」の拡張に苦闘していた岡井にして、初めて書けたものである。ここでの考察は、現在でもその有効性を保有している。

今では、「作者＝作中の私」などと短絡的に考える歌人はそれほどいないだろうが、山中が「記号論理」の諸作を創作していた頃は、そのような考え方がまかり通っていたのである。また、近代短歌特有のリアリズムという観点から見た場合、一人称を含む短歌は、この詩型のもっとも自然な姿として多くの歌人に受け入れられている。

短歌が「私性」の文学である以上、一首の中の言葉としての一人称は特別な存在として特権的な位置を与えられている。一人称の「われ」を核とした言葉の階層化が、一首の中で行なわれているのである。つまり、一人称を中心に求心的に言葉は構成される。一人称が短歌という詩型の中で言葉のヒエラルキーの頂点に立つとき、統一的な安定したイメージを提供することができる。それは語彙の難解さや比喩の高踏さから招来する「読み」の困難さとは、別次元の問題である。また、一人称が直接「他者」を指すものであろうと、言葉のヒエラルキーは成立する。さらに、一人称そのものの「像」にカオスを含んでいる場合にも、一定の「保留」は必要であるが、言葉の階層化は行なわれているだろう。

短歌の本質を底部で支えている「私性」に対して、一人称は短歌の構造に即した絶対的なメタ言語として機能しているのである。要するに、一人称を含む短歌は、短歌の構造的な機能に即した形態なのである。

そこで、従来のリアリズムを異化し、言葉の階層化を破綻させる方向性を内在する短歌、あるいはアノニムな短歌を試行するためには、一人称に対する、意識的で、非常に困難な工夫が不可欠となる。

山中がCグループの短歌を目指す過程で、一人称を意識的に回避したのかどうかは、にわかには判断しかねる。しかし、一字空白を含む短歌で検討したように、Cグループの短歌が一首の中に意味のカオス、ないしはイメージの重層性をもたらす言語装置を導き入れたのであれば、この時点での山中の方法意識に、一人称の意識的な回避を推定することは、さほど不自然なことではないようにも思われる。

山中の初期テクストの方法論を考える場合、一人称の問題は、「私性」へと集約させるだけではなく、「他者性」を含む、総合的な観点から追究されなければならないだろう。また、「記号論理」の前半部分の試行は、はたして成功しているのかどうかという問題も、同時に考えられねばならない。

それらについては、「洪水伝説」全体の分析を中心に、『空間格子』から『紡錘』にわたる山中の方法意識を総合的に考察する場で再検討したい。

第2章　『空間格子』の方法2

1

「洪水伝説」20首の歌群を中心とした『空間格子』の「記号論理」の前半部分のテクストには、前章で考察した、「一字空白」の多用と「一人称の回避」から招来するイメージの重層化と言葉のヒエラルキーの解体という現象が見られる。このようなテクストの特徴は、当時、山中智恵子が目指したと思われる「新しいリアリズム」とリンクする試行であると推測できる。また、それと関連して、『空間格子』には、「雅歌」から「記号論理」のすべての章段で、「字余り」「字足らず」「句割れ」の破格が見られる。それは、「一字空白」と「一人称の回避」と比例するように、後期になるほど使用の頻度が増していく。

誤解を恐れずに極論するならば、『空間格子』後期での山中の試行は、短歌という詩型そのもののの「解体」すらもたらすような詩的実験でもあった。それは新たな「詩」に向けての、短歌の「解体」から「再生」の様式への挑戦的な試みである。

しかし、一方では、そのような試行による『空間格子』のテクストが、詩的な完成度と相容れるものであるのかどうかという疑問が同時に湧く。また、山中の初期テクストにおける「主体」の問題も分析されなければならない。

1 教会はクレドに満てり　風下の濡れた土手の下の羊歯の化石

2 鉄と石の廃墟ゆき旗をあふれさせ丘の上の寺院に白き微笑す

3 傘を廻せば別離の空がひらけゆく　古拙の眸にみつめぬ少女

4 録音器廻り灼けた鋪道歩みひとは若干のイデエをもちて

5 皿の上に載せられて青き魚とレモン　切り離されしレクイエム・ミサ

6 恋ゆゑに手より放ちて野のはてに石神と小鳥世々を蹲る

7 汗は乾きしに手は水に浸し神獣の壁画の秩序速く来る疲れ

8 捧げるものなくなりしという物語の絵　石庭に来て叫ばぬ石あり

9 一様に前向いてゐる浮彫の鹿に見えくる昼と夜の系図

10 流れる空に馬酔木垂れ草履重くゆき風景の奥に石のモニュマン

11 幾たびひろがりて止む礁島の原子雲　偶像は泥の足して

12 樹はここに枯葉はここに新しき傀儡はまた軽軽登場

13 日に日は継ぎて相分つなき布を縫ふ　楽観の族劫罰よりとほき

14 暗い手をあげあふれ出た群のまはりに使ひはたした風景は渦巻き

15 肉に賭けしこと易し　縄文土器の方形の口照らされてゐて

16 弓を射る痩身の影　群となり急ぎゆくものらの遠近
17 つるされし土偶の意味は風がはがす　手を泳がせてひとはゆきもどり
18 街角ごとに鹹き海みえ泥より生れしひとりわが節制の場所
19 閉ざされる土面のまぶたひるがへり洪水のはての水たたへらる
20 離されゐし陶片をつぐ　伝説の洪水いつも静かに来たり

「洪水伝説」は、タイトルが示すように、『旧約聖書』「創世記」の洪水伝説、また、『ギルガメッシュ叙事詩』（第十一の書版）の洪水伝説とに、間テクスト性を持つ連作である。そのテクストは、山中の内的な詩的原風景や戦後のネガティブな社会性が、洪水伝説の世界と融合して構築されていると想像される。

ただ、この連作は、テクスト間の相互関連性が稀薄であり、象徴性の磁場が必ずしも有効に機能しているとは言い難い。連作相互の有機的な繫がりの面でも、一首レベルの上句と下句の関係性においても、それは言える。

そこで、1首目から20首目にかけて、語彙的な連続性を恣意的に想定し、連作としての有機的な繫がりの可能性を探ってみたい。

1「教会……濡れた土手の下」⇓2「丘の上の寺院」
2「旗をあふれさせ／丘の上……白き微笑す」⇓3「傘を廻せば／空がひらけゆく　古拙の眸に

みつめぬ少女」
3「傘を廻せば別離の空がひらけゆく」⇓4「録音器廻り灼けた鋪道歩み」
4「録音器廻り……若干のイデエ」⇓5「青き魚とレモン……レクイエム・ミサ」
5「青き魚とレモン」⇓6「石神と小鳥」
6「手より放ちて……石神と小鳥(世々を蹲る)」⇓7「手は水に浸し神獣の壁画(の秩序速く来る)」
7「神獣の壁画の秩序」⇓8「物語の絵　石庭に来て叫ばぬ石」
8「石庭に来て叫ばぬ石」⇓9「一様に前向いてゐる浮彫の鹿」
9「浮彫の鹿」⇓10「石のモニュマン」
10「石のモニュマン」⇓11「偶像(は泥の足して)」
11「偶像(は泥の足して)」⇓12「新しき傀儡(はまた軽軽登場)」
12「新しき傀儡(はまた軽軽登場)」⇓13「楽観の族(劫罰よりとほき)」
13「楽観の族」⇓14「暗い手をあげあふれ出た群」
14「暗い手をあげ……風景は渦巻き」⇓15「肉に賭けしこと……縄文土器の方形の口」
15「縄文土器の方形の口」⇓16「弓を射る痩身の影」
16「弓を射る痩身の影……急ぎゆくものら」⇓17「つるされし土偶……(手を泳がせて)ひとはゆきもどり」
17「つるされし土偶」⇓18「泥より生れしひとり」

18「鹹き海／泥より生れしひとり」⇓19「閉ざされる土面……洪水のはての水」
19「閉ざされる土面……洪水のはての水たたへらる」⇓20「離されゐし陶片……洪水いつも静かに来たり」

この連作は、意味的な連続性の断絶ないしは曖昧性を体現したテクストでありながら、語彙的な面では、恣意的に連続性を想定することがある程度は可能である。それは、山中の語彙の選択が、ある基準に基づいて行なわれていることが原因している。この時期に山中の特異な詩質が形成されつつあり、その過渡的な状態がもたらした結果である。

この連作には、すでに第二歌集『紡錘』の詩的達成の萌芽が見られる。たとえばそれは、「化石」「石」「石神」「石庭」「叫ばぬ石」「石のモニュマン」「土偶」「閉ざされる土面」「陶片」という言葉に特徴的に現われている。『紡錘』を読み解く一つの鍵が、この「石」という言葉にあるからである。

私はこの連作が、意味的な連続性の断絶ないしは曖昧性を体現したテクストであると規定したが、モチーフの面から連続性を見た場合には、ある程度の一貫性が感じられる。なぜなら、「洪水伝説」が喚起するイメージが重層的な象徴効果を発揮しているからである。それは意味的な断絶や曖昧性を内包しながら、読者を「洪水伝説」という物語性の中に導く。ただし、時間を追ってコード化されていくはずの物語は一つの像を結ぶことなく、連続性の中で脱コード化されていく。そこに、この連作の破綻を見ることもできる。

なお、この連作の最後のテクストを見る限り、連作としての着地点ははっきりとしている。

この章段では、一首ごとの分析を試みてみたい。ここで試みるのは、あくまでも分析であって、通常の解釈ではない。

2

1　教会はクレドに満てり　風下の濡れた土手の下の羊歯の化石

このテクストでは、まず、教会に「クレド」が充ちているという現実的な設定がある。(「クレド」は「ミサ通常文」五章中の第三章で、神を讃える歌。) この設定は、語り手の「主体」ないしは「主体」の視点が形成されていることで、現実的なリアリティーを導いている。清浄で敬虔なイメージは、一首全体の象徴性を覆いつくすように言語世界を開く。そして、次に配置される言葉の質を予想させる。

しかし、この語彙的なイメージは、一字空白を置いて完全に裏切られる。この場合の一字空白は決定的な断絶をもたらしており、分裂したイメージの世界が併行しているようだ。これだけ関連性が稀薄になると、「短歌的な喩」も機能せず、空白を挟んだ言葉の次元はまったく別のものとして形成される。

また、上句と下句の意味的な整合性を無理に求めようとすれば、下句は上句の主体的な視点の内部における夢想的な世界と認識できる。ただ、下句を上句の「主体」内部の情景として把握した場合、その情景は教会に充ちているクレドによって喚起されたイメージと関連し、一首全体の完結感には齟齬が残る。そこには統一的な時間の流れも見られない。

結局、上句と下句を意味の関連性で結びつけようとしても、整合性のある解答は導き出せない。上句も下句も、同レベルの固有の象徴空間を形成しており、イメージのヒエラルキーは明確ではない。別々の言葉の世界が同じ強度で並列しているだけである。

ただし、短歌という詩型では、この二つの世界が結ばれるという意識のもとで読まれるために、読者の前には重層的なイメージが表出される。その場合、一般的な短歌の批評の尺度では、テクストの詩的な完成度を評価するよりも、一首の意味の多義性がイメージを相殺するものとして批判されるだろう。

2　鉄と石の廃墟ゆき旗をあふれさせ丘の上の寺院に白き微笑す

これも山中の内的な幻想空間に現われた情景である。「鉄と石の廃墟」は戦災か自然災害による西洋の廃墟を思わせる。しかし、上句の動作主と下句の「動作主」は曖昧で、その関係性もはっきりとは摑めない。またそのことに伴って、上句と下句のイメージが有機的には融合せず、詩的な世界が二つに分裂している。

ただ、丘の上の寺院で「微笑」する人物に、「白い」という形容詞を付けてメタファー化することで、虚無的な批判性を内在化させる工夫がなされている。微笑している人物は、作中主体そのものとも、あるいは死者の寓意とも取れないことはない。

また、あえてこのテクストを日本の敗戦直後のコンテクストに結び付けると、「丘の上の寺院」から「靖国神社」を連想し、さらに「英霊」を導き出したときに見えてくる批評空間を想定することができる。しかし、その場合、批評の具体性は言葉の抽象性にかき消され、かえって「読み」そのものは不毛とならざるをえないだろう。一首全体が命題的なイメージのもとで統一されていくのではなく、アプリオリに語彙的なイメージの重層化が用意されているのである。

一首で完結し、安定した像を提示するためには、語彙的なイメージの相互補完と、その階層化が必要である。それに対して、このテクストは初めから与えられている「意味」を回避し、言葉のヒエラルキーに基づくイメージの階層化に向かわない。

「一人称」の回避が、そのような山中のテクストの方法意識から導かれたものであったことを、もう一度確認しておきたい。

ちなみに、『空間格子』には、「旗」という語彙を含むテクストが、このテクストの他に2首ある。

そこに旗がそこに拝跪が革命と栄光に裂かれまた石をつむ

旗の中に埋もれて死ぬは幻影のみ牧歌の時代をもちしことなし

（「石をつむ群」）

「石をつむ群」は、戦中の情景を戦後から幻想的に回想し、現在の感懐を象徴的に表現しているように読める連作である。そのイメージは抽象的であり、統一的な像を結ぶものではない。そのような連作の性格は、この2首にも明らかに反映している。

これらのテクストに詠まれた「旗」が何であるかを限定することはできない。「日の丸」や「革命旗」を連想することは自由だが、実際には山中の幻想的な世界に象徴的な意味が付加されて現われたものである。ただし、この2首の「旗」が表出する象徴性からは対象に対する批判精神を読み取ることができる。その批判精神は挫折感ないしは葛藤を内包するがゆえに暗い色調を帯びている。

それに対して、2のテクストの場合は、そのような批判精神ではなく、虚無的な「死」を暗示する象徴性がテクストに内在化されている。そして、「旗をあふれさせ」と「白き微笑す」がイメージの融合を伴い、効果的な表現たりえているとするならば、テクストに内在化された「死」にはエロスが内包されているという見方もできるだろう。

3　傘を廻せば別離の空がひらけゆく　古拙の眸にみつめぬ少女

ここでは、「傘を廻」す「主体」と「少女」が同一人物であるかどうかが、問題になる。同一人物ならば、別の「主体」を想定しなければならない。そうすると、その「主体」は、これらの情景を観察している超越的な「メタ主体」として、内的世界と外的世界の境界を曖昧にする。

　また、同一人物でないならば、「傘を廻」す「主体」のほうが、作中の「中心主体」になり、「少女」が見られる対象になる。その判断は、「一字空白」の効果をどのように見るかで決定される。私はこの場合、「一字空白」の効果を考えて、上句の「主体」と下句の「少女」は別人であると判断する。

「別離の空」を「戦死者との別離」の暗示と「読む」ことはできるだろう。空は、空襲による「爆弾」という災いをもたらしたものとして、「洪水伝説」の「雨」とのダブルイメージで解釈できる。その場合、このテクストのモチーフは、意味化できないわけではない。「一字空白」のもたらす効果はもちろん、「ぬ」という打ち消しの助動詞により、屈折した表現が意識的に使われる。このテクストも、上句と下句で「像」が結びにくいものである。

なお、「古拙」の意味は、「古雅な趣があること」。

4　録音器廻り灼けた鋪道歩みひとは若干のイデエをもちて

　このテクストの「主体」は、どこに置かれているのだろうか。「灼けた鋪道」を歩いている一人として、作中人物であると想定することはできそうであるが、そのように考えるだけでは、あまり落ち着きがよくない。その原因は、この「主体」の観察者的な視点がテクスト内部で特質化しているからである。

ある意味で、この「主体」は観察者である。その場合、「作中主体」でありながら、実質的に観察者としての「メタ主体」的な役割を担っている。「超越的な主体」として、外部からの視点を想定した「読み」のほうが自然に感じられるのも、そのような理由による。

しかし、これとは異質な「読み」が成り立たないわけではない。「作中主体」を「若干のイデエ」を持つ「ひと」の一人として解釈する「読み」である。その場合、ここでは、下句を中心にモノローグ的な性格の強いテクストになる。

「灼けた舗道」は、ある夏の日の灼熱の街路を想像させる。ただ、「録音器廻り」という情景は想像を受け付けない。

下句の「若干のイデエをもちて」には、悲惨な状況の中での人間の英知への希望を読み取りたい。人の「永遠不変の実在」を指していると考えたいが、それは私の希望的な「読み」にすぎない。ここに、戦後の解放感の中での将来への希望を読み取るには、テクスト全体にアンニュイが漂っている。そのアンニュイは、「録音器廻り」という言葉から発する。

5　皿の上に載せられて青き魚とレモン　切り離されしレクイエム・ミサ

ギリシャ語のイクトゥス（魚）はキリストを表わす。つまり、「青き魚」は「青ざめたキリスト」の寓意として理解されるだろう。また、「レモン」は悲嘆のシンボルとして表わされることがある。さらに、結句が「レクイエム・ミサ」であることにより、このテクストは意味的整合性によって理解可能なテクストになっている。しかしながら、ある状況における悲劇的なイメージを具体化したり、ある人物の悲嘆を意味化することはできない。

「一字空白」の作用による上句と下句の意味的な関連性は深いが、テクスト全体のイメージの抽象性が濃厚で、そこにアンバランスをきたしている。ただし、「切り離されし」と「レクイエム・ミサ」が、上句との関係性において有機的な意味を形成しており、「青き魚とレモン」との融合された喩的象徴性は成功していると言えなくもない。

6　恋ゆゑに手より放ちて野のはてに石神と小鳥世々を蹲る

「洪水伝説」には、水が引いたかどうかを確かめるために鳥を放つ場面がある。『旧約聖書』では「鳩」、『ギルガメッシュ叙事詩』では「鳩・燕・大烏」の順に放たれる。このテクストは、その場面との間テクスト性を持っている可能性があるのだろうか。いや、そのように考えると、イメージが拡散する。

「石神」は、民間信仰の対象として、神として祭られる石であり、「小鳥」は魂を媒介し、運ぶものである。その意味では、縁のない言葉ではない。そこで、「石神と小鳥」=「魂・霊魂」が「蹲《うずくま》る」情景を想像してみる。すると、個人的な悲劇とは異質な悲劇が喚起される。

そのことを踏まえたうえで、このテクストを難解にしている「恋」と「小鳥」を放つことの親和性と、「恋」と「石神」との懸隔の相互の関係性を保留する。その結果、理解の及ぶ範囲は、分かち難き「相聞」と「鎮魂」というものになるが、そのような「読み」にかならずしも納得できるわけではない。

7　汗は乾きしに手は水に浸し神獣の壁画の秩序速く来る疲れ

このテクストでは、内部の「主体」の位置がはっきりとしている。ただし、上句の情景が把握しやすいのに比べ、下句との融合によるテクスト全体の「像」は結びにくい。下句の「神獣の壁画」の持つ構成的な（？）「秩序」が、「作中主体」にもたらす「速く来る疲れ」とは、いったい何を指しているのであろうか。

本来ならば、それを解く鍵として上句の表現が何らかの機能を果たすけれど、このテクストの場合も、下句の「読み」の手掛かりにはならない。結局、一首全体を「喩」と捉え、「洪水伝説」を背景にした現代の悲劇と理解することが、自然な「読み」ということになるのであろうか。「汗は乾きしに手は水に浸し」という意志的な行為に、「神獣の壁画の秩序」との直接性が感じられないわけではないが、現段階では不明とするしかないだろう。

8　捧げるものなくなりしという物語の絵　石庭に来て叫ばぬ石あり

このテクストも、「一字空白」の亀裂による上句と下句の相互関連性が曖昧である。上句と下句で、次元のまったく異なるイメージが立ち上がり、この二つのイメージをしいて融合しようとすると、抽象的な寓意の世界が浮游してくる。上句と下句のそれぞれの意味が表層的には理解可能なだけに、このようなイメージ世界の分裂は詩的世界の破綻として受け取られかねない。上句の「物語の絵」の寓意と下句の「石」の寓意は、引き裂かれたまま二つの世界をそれぞれに創り出している。

ただし、ひとたび意味的な構築を放棄すると、言葉自体の手触りが前景化して、詩的象徴性は直接、読む者の内部に飛び込んでくる。この当時の山中のテクストが創り出す「言葉の磁場」は、このような言葉の直接性が契機となり、意味の整合性以前の言葉の露出に、特徴の一つを見出せる。しかし、下句の表現から「作中主体」を意識化することにより、上句と下句の融合性にまったく通路を作り出せないわけではない。

なお、この前後のテクストに、「石」がキーワードになる歌が配列されていることは、明らかに山中の意図的な行為である。

9　一様に前向いてゐる浮彫の鹿に見えくる昼と夜の系図

このテクストの場合、「昼と夜の系図」の寓意が何を指しているのか摑みどころがないので、初めから意味に還元することを放棄させる。

「一様に前向いてゐる」という特殊な形状のレリーフの「鹿」が、「昼と夜の系図」の象徴表現を呼び起こす契機になっていることは、現実的な世界から遊離した幻想的な世界の開示を暗示しているのかもしれない。「鹿」を神獣とすると、このテクストは7首目に呼応する。

10　流れる空に馬酔木垂れ草履重くゆき風景の奥に石のモニュマン

「作中主体」の視点と動作がはっきりと提示されている。そして、この連作においては珍しく情景が現実性を帯びた一首になっている。ただし、意味への還元となると難題が浮上する。「流れる空」とは、激しい風により、雲が流れる様子を表現したものだろうか。そのような空を背景に、馬酔木が垂れている寂しい風景があり、「作中主体」は、その風景の奥に「石」の記念碑を見る、というように、この情景を読み取る。けれど、これでは何かを読んだことにはならない。それは、下句の「石のモニュマン」が象徴的に具現している対象が抽象的にすぎるからである。

もちろん、次のテクストとの関連から、歴史的なコンテクストを念頭に置いて読解することは可能である。この「石のモニュマン」を原爆の記念碑と捉えれば、「流れる空」という情景は、にわかに不気味な様相を呈し、一首全体を包み込んでいる空気は救いようのない重苦しいものになる。

11　幾たびひろがりて止む礁島の原子雲　偶像は泥の足して

このテクストの場合は、一九五四年三月の、ビキニ島水爆実験による第五福竜丸の被災をコンテクストとして読めば、さほど難解ではないが、この場合も、「一字空白」を介して、上句と下句が象徴的な詩的意味性に昇華しているとは言い難い。

下句の「偶像」を「水爆」・「原子力」に対する寓意と捉えた場合、統一した一つのイメージと、それに基づくモチーフは鮮明になる。ただし、そのようなメッセージ性を前景化させる「読み」が、このテクストを活かすとは思えない。この試行には別の方向性がある。

また、「偶像」を次のテクストとの相互関連性から歴史的、政治的な抽象性の喩と捉えることもできるが、それも稔りをもたらす「読み」ではない。

12　樹はここに枯葉はここに新しき傀儡はまた軽軽登場

このテクストの下句には、戦後思想、政治に対するアイロニーが感じられる。「樹」は新しい緑の芽を芽吹くのではなく、「枯葉」に被われている。「新しき傀儡」のみが面を替えるだけで、戦後を無化するかのように次々に登場する。

「新しき傀儡」を、思想家、政治家の喩として解釈すれば、このテクストのモチーフは、戦後の思想、政治的寓意と捉えられ、その意味は鮮明になる。ただ、これも、そのような把握によって、理解できたという安心感は湧かない。

13　日に日は継ぎて相分つなき布を縫ふ　楽観の族劫罰よりとほき

「楽観の族」を日本民族と解釈するのがもっとも妥当な「読み」として、いちおうは理解できる。上句は、下句の「劫罰」の喩として把握すればいい。この「劫罰」はシーシュポスの仕事を連想させる。ただし、そのように理解すると、「一字空白」を挟んで、下句の「とほき」のところで躓かざるをえない。その際、上句を戦後の日本民族の地道な生活の営みと理解し、「劫罰」と切り離して解釈する方法もある。ただ、日々の生活にのみかまけている者を、思想、政治的に「楽観の族」と把握するには、「劫罰」とうまく繋がらない。「劫罰」を負っている民族としては、あまりに「楽観」的にすぎるということか。

そうすると、その「劫罰」とはいったい何だろう。「劫罰」は、ふつう仏教のきわめて長い罰を指すが、ここでは、「洪水伝説」を念頭に、神が人間に下した罰を同時に連想すべきなのか。まるで、このテクストを理解し、答えを求めることが、「相分つなき布を縫ふ」ように、どこまでも続いていく。

14　暗い手をあげあふれ出た群のまはりに使ひはたした風景は渦巻き

「暗い手をあげあふれ出た群」に神の罰を受けた民衆を想像し、下句の「風景」には絶望と廃墟をイメージしてみる。また、下句を業罰により打ちひしがれた人々の内的風景として理解する。さらに、上句に具体的なイメージとして戦後の政治的な民衆の運動をリンクさせ、先の解釈と併行させて、下句を戦後思想的、政治的な風景の象徴的な喩として把握してみる

このような「読み」を並列させ、もう一度このテクストを読み直すと、意味の迷宮に入ったように、テクストの言葉のみが前景化する。

15　肉に賭けしこと易し　縄文土器の方形の口照らされてゐて

前テキストの「風景は渦巻き」が「縄文土器の方形の口」と呼応しているという理解のもとで解釈できる。この場合、上句に対して下句が像的な喩としての機能を果たしているが、「一字空白」の亀裂を介して上句と下句に意味の通路が成立するほどには、喩の機能は発揮されていない。

このテクストは戦後風景の一側面が幻想的な寓意によって処理されているようである。ただし、幻想的というエレメントでこの一連を解釈すると、多くのテクストに安易に当てはまる弊がある。

16　弓を射る痩身の影　群となり急ぎゆくもののらの遠近

「群となり急ぎゆくもののら」は、14の「暗い手をあげあふれ出た群」と、次のテクストの「手を泳がせてひとはゆきもどり」に呼応しているように思える。その意味では、この一連は戦後の民衆の寓意としての象徴性を帯びたものであると言えるだろう。

このテクストにおいても、「一字空白」の亀裂、上句と下句による相互の関連性は喩的に融合しがたいほどにかけ離れている。その際、このテクストを、「表現主体」の戦後民衆に対する象徴的な内的風景の提示として理解することは妥当性がある。しかし、そうした場合、「表現主体」の位置が曖昧であることと、それに付随して批評性のありかが抽象的にすぎる。上句の意味付けと、下句との関係性が要求される。

17　つるされし土偶の意味は風がはがす　手を泳がせてひとはゆきもどり

このテクストは、構造的に前のテクストを踏襲している。このテクストも、「表現主体」の、戦後民衆に対する象徴的な内的風景の提示として理解するのが妥当だろう。ただし、前テクストと同様、「表現主体」の批評精神が抽象性をまぬがれない。

18　街角ごとに鹹き海みえ泥より生れしひとりわが節制の場所

この連作の中で、唯一「一人称」が使用されている。この場合、「わが」という一人称を特定の人物に限定するのは困難だ。「創作者」→「語り手」→「作中の主人公」という従来の繫がりは薄い。「一人称」によるテクストのヒエラルキーが弱いのである。それは全体の命題的な象徴性の不明瞭さから招来される。ただし、個々の言葉の意味に不明なものは一つもない。そこで、意味を中心に全体を三つに分けて、それぞれの語彙の持つイメージを考えてみたい。

①「街角ごとに鹹き海みえ」

このテクストの次に続く2首から考えると、洪水後の街が想起される。また、この連作の性格上、コンテクストとしての戦後風景を考えることも必要である。本来は見えることのない街の中から焼け野原の果てに見える大海原……。戦後の「原風景」が山中の内部に幻視されているようである。

②「泥より生れしひとり」

この言葉は「創世記」のアダムの誕生を想起させる。ただし、①との意味的な繫がりを考えると、曖昧さが残ってしまう。この場合、アダムの系譜に繫がる一人の人間であるという自己規定が、どのような意味を獲得しているのか。次に続く言葉との関連性からみても、有効な解答は導き出せない。

すべての生命の誕生の「場所」としての海と、「創世記」のアダム誕生の寓話を結びつけるもの、この二つを意味的に繋ぐのは、奢る人間に罰を下す神の怒りとしての「洪水」である。ノアの「洪水伝説」が念頭に浮かぶ。その連想は、次に続く「わが節制の場所」という言葉とも意味的な相互補完が成り立つ。つまり、自分の節制を促す「場所」としての「海の見える原風景」、それは「洪水伝説」と「戦後風景」が交通する幻想的なトポスである。

③「わが節制の場所」

②の解釈を踏まえて付け加えると、この「場所」は幻視された産土、心の故郷であるように思える。

19　閉ざされる土面のまぶたひるがへり洪水のはての水たたへらる

18のテクストの「泥」から「土面」への連想では、安易な解釈に陥ってしまう。ただし、18から20のテクストの親和性は、詩的世界の反転、あるいは捻れのようなものが共通してあることを暗示している。敗戦後の風景と「洪水伝説」は、「表現主体」の内的な詩的象徴性によって言葉を前景化させている。

このテクストは、「土面」の特異性が下句の表現との相互補完的な関係性よりも、意味から遠く離れて言葉の前景化に寄与している。この構造は、今まで見てきたように、この一連の特徴的な性格である。下句を読むかぎりでは、連作のエピローグ直前の情景が提示されながら、上句によって、その表現世界は混沌とした風景へと引き戻されていく。

20　離されゐし陶片をつぐ　伝説の洪水いつも静かに来たり

最後を飾るにふさわしいテクストだろう。下句の描写は連作の完結感を感じさせるが、「一字空白」を挟んで、上句との融合から全体像を構築しようとすると、19のテクストと同じように意味の混乱に陥る。特に、上句の「行為主体」が曖昧で、下句との関係性がはっきりとは見えてこない。そのため、テクストの完結性は宙吊りのまま、意味の迷走に入っていかざるをえない。「陶片をつぐ」の「つぐ」は、「接ぐ」の意味に「継ぐ」を同時に響かせているだろう。

ここまで「洪水伝説」の連作を分析してみたが、私自身、何も納得できてはいない。それは、私の分析が正確さを欠いたものであることに原因があるだろう。ただし、そのような分析の混乱をもたらすものが、テクスト自体の本質的な問題として隠されている。「洪水伝説」を意味性に依拠して分析することは、解釈の不毛さを露呈する。また、この連作は、イメージの階層化による求心的な全体像を提示するものではない。それだけに、この連作に見られる現象は、よりリアルな形で当時の山中の方法意識を見せてくれる。たとえそれが、方法的に未完成であり、成功しているとは言えないとしてもである。「洪水伝説」のテクスト内部の意味のコードは、言葉の意味そのものを変容し、無化するパラドックスを内包している。意味の脱コード化が指向されていると言えるだろう。

3

制度的な言語体系を仮に内部とするならば、山中智恵子の試行は内部に無限に広がっていく「意味」の外部を創り出す。その際、内部と外部の境界に当たるものは、そのどちらでもなく、強《し》いて言えば、構造的な言葉の機能そのものになるだろうか。内部と外部の境界は象徴化作用によって、常に更新、変成されていく。「読み」と同時に発生する言葉の「磁場」は、流動体のようにイメージの増殖を繰り返す。

それだけに、語彙的な象徴性が一首の中で相互の関係性を断絶したまま、二重、三重に並立させられると、命題的なイメージの分裂を招き、テクストの完成度を阻害する。そのような分裂を回避するためには、テクスト内部に、テクスト全体にわたる「主体」となるべき要素を形成しなければならない。この「主体」の処理がテクストの方向性を決定づけるわけである。

山中の目指す「新しいリアリズム」にとって、この「主体」の問題こそ、もっとも困難なアポリアとして、山中の試行を脅かしつづける。第1章で指摘した『空間格子』における「一字空白」と「一人称の回避」の相関関係は、まさにそのような問題として摘出されたものであった。

そして、「洪水伝説」においても、テクスト全体にわたる「主体」からの解放こそが、未完のアポリアとして残りつづけている。そこで、山中の先鋭的な試行は、もう一度、この詩型における構造的な「主体」の問題に立ち返らなければならなかった。「他者」を自由に交通させるトポスとしての「主体」、「洪水伝説」以後、山中の詩的苦闘はそこに集中されていく。

山中のテクストが、イメージの重層性、意味の拡散に耐えられるのは、テクスト自体の方法論的な試行による言葉の強度のせいである。そのような言葉の強度を支えているのが、テクストに内在する「主体」である。ただし、「洪水伝説」の段階では、そのような言葉の強度を支えるだけの特殊な「主体」は、いまだ形成されていない。そこでは、意味の解放、イメージの重層化に関わる方法意識のみが先鋭化されていた。その場合、「洪水伝説」の方法意識を支えているのは、アプリオリな短歌詩型の構造的な機能のみになる。

（ここで問題にしている「主体」は、通常流通している短歌の一般的な「主体」の意味合いとは、かなりかけ離れたものである。山中的な「主体」とでも言えばいいのであろうか。）

テクストの表層的な言葉の意味と、その意味から詩型の内部でイメージして形成される象徴空間は、意味のほうが象徴空間の基礎ではあっても、相互に未決定な要素を含んでいる。その「相補的な未決定性」が山中のテクストの場合、魅力として全面的に解放される。そして、その魅力を支え、保証しているのが山中的な「主体」である。そのような「主体」は、「洪水伝説」以後、『紡錘』の「一人称」において典型的に現われることになるだろう。この「主体」は、揺らぎを含んだ「主体」―「自己」と言える。

『紡錘』のある時期からの「一人称」は、「空間格子」以前の「一人称」とは、明らかに異なっている。しかし、「一人称」である以上は、言葉のヒエラルキーが形成され、言葉の意味、イメージの方向性がある一定の法則性を持つ。

ただし、山中的な「主体」は、言葉の解放、イメージの重層性を阻害するものではない。この「主体」は、「自己」も「他者」も、またその他、さまざまな異質なものが自由に交通するトポスとしての「主体」であるからだ。この「主体」は、ドグマには陥らない。「主体」の境界を「読み」に合わせて自在に変容させていくからである。このような山中的な「主体」については、『紡錘』について考察する場で詳細に論じる。

ここで、「洪水伝説」の言葉の特異性を確認しておきたい。

「洪水伝説」のテクストは、通常の意味の関係性によって接続しているのではない。すくなくとも表層的にはそのように見なされうる。テクストの意味の生成は、言葉の接続がもたらす「読み」のイメージから後天的になされていくのであって、テクストに先立つ既成の意味はどこにも生成していない。そこでは、「意味の構成素」⇒「言葉の環境」が、「言葉の環境」⇒「意味の構成素」に逆転されている。言葉の接続は言葉に付帯している強度の等価性だけで行なわれていく。その場合、言葉の接続には言葉の意味を破壊する内的可能性が含まれる。つまり、既存の意味の脈絡に、作為的に逸脱や破壊を持ち込む。

「破調」「一字空白」「一人称の省略」「言葉のヒエラルキーの解体」「主体性の歪み」……、「洪水伝説」のテクストが、それらの要素を露骨なまでに発揮するとき、一度は短歌形式そのものの解体の危機にまで達した。しかし、そのような形式の臨界点から短歌のほうへ、もう一度再生していくときに、山中的な「主体」の獲得による山中独自の短歌が形成される。

『空間格子』後期のテクストは、短歌の革新的な試行が直な形で形式面に表われていた。おそらく、『空間格子』という歌集を総合的な見地から評価した場合、従来の短歌的な価値観からは、「雅歌」の諸作や「わが曠しこと」の連作のほうに評価が偏っていくだろう。それは、『空間格子』後期のテクストが短歌詩型そのものに対する挑発的な試行に満ちていることに、理由の一端がある。当時の山中が、短歌形式に代わる新しい詩型をも念頭に置いて創作していたなどと考えるのは、私の荒唐無稽な夢想にすぎないかもしれない。しかし、「洪水伝説」の諸作は、そのような夢想を可能にするほどの究極的な詩的試行であった。

『空間格子』後期のテクストでは、自らが作り出してしまったものを通じて、初めて自分の意図に気づく、あるいは意図した以上のものができ上がる要素が多分に含まれていた。しかし、それは、短歌という詩型そのものをも解体する際どさの中で試行されたのである。その意味では、『空間格子』には、短歌形式と「私性」の問題が鮮やかな形で露呈している。

短歌を短歌たらしめているものとは何か。『空間格子』後期の山中の問題意識は、そのような根元的な問題を踏まえたうえで、短歌でどこまで詩的に言葉を解放できるのか、その臨界点までをも試行しようと試みた果敢な意志が読み取れるのである。

この当時に山中が目指した「新しいリアリズム」の完成は、『紡錘』における山中的な「主体」の形成まで待たなければならない。しかし、『空間格子』後期の果敢な試行は、その準備段階というには、あまりにも危険な段階にまで試行の歩を進めていた。そして、この危機こそが、山中に短歌の「私性」の問題を再考させ、その危機と引き替えに山中的な「主体」を獲得させる。『紡錘』における豊かな実りは、『空間格子』後期の果敢な試行の結果である。それは強調しても強調しすぎることはない。従来あまり省みられることのなかった『空間格子』後期のテクストは、その意味でも充分に再評価される価値のあるテクストである。

山中智恵子のテクストほど、「詩的隠喩」という言葉がふさわしい短歌はない。初めから散文化を断念させるような固有のシステムが、テクストの隅々にまで張りめぐらされている。先に私が試みた「洪水伝説」のテクストの分析なども、仮説以上のものではなく、私の分析をもって、「読み」の基準にすることはできないだろう。ただ、「洪水伝説」の連作のあり方と個々のテクストの相補的な関係性を念頭に置くと、そこに自己内部的な「間テクスト性」というレベルへの内的差異の連続性が見られる。「読む主体」は、さまざまな「他者」に横断されながら、「間テクスト性」の発現のトポスとして機能する。

山中のテクストは、「読む主体」に対して制度的な意味を形成する前の、未決性を秘めた言葉の豊饒さへ導いていく。山中のテクストのイメージの重層性、意味の未決性は、そのような言葉の性質とリンクさせて考えられなければならない。

そのテクストを読む喜びの一つには、「読む主体」である「私」が、さまざまな「他者」に横断されることにある。先に触れたように、「読む主体」である「私」も、「間テクスト性」の発現のトポスとして機能しているのである。その際、テクストの「読み」が誘発する豊饒なテクストの世界は、言葉が自らの制度的な意味の呪縛を解くような幻惑に駆られる。

山中のテクストは従来言われているような意味で難解なのではない。既成の短歌の「読み」のシステムによって何かの「答え」を求めようとするところに、難解であるという誤解が生じるのである。

山中智恵子のテクストにおける「意味」とは何か。それは、「読者」という偶然性を介して、言葉自体が制度的な意味のドグマから解放されていくことによって、「読者の主体」をも解放に導いていく詩的な達成なのである。

第3章 『紡錘』の方法1

山中智恵子のテクストを読むうえで、誘惑に駆られながら、避けてきた言葉がある。それは、「モンタージュ」である。私は初め、山中の初期のテクストを、高度なモンタージュ手法が駆使されたテクストとして理解しようとした。そのために、エイゼンシュタインの『映画の弁証法』から解釈のヒントを得ようとしたのだが、それは不可能だった。山中のテクストは、たとえ特定の意味に縛られない言葉として多義的な意味を構成しているものであろうと、モンタージュの異化効果のように弁証法的に構築され、発展していくものではない。一首のレベルにおいても、連作としてのマスのレベルにおいても、同様である。この特殊性は従来の短歌技法から異質であるばかりでなく、おそらく前衛短歌の技法の中でも異質である。

1

第二歌集『紡錘』に対する評価については、諸家のそれは必ずしも一致しているわけではない。しかし、第三歌集『みずかありなむ』への評価と比べると、こちらのほうを、より山中的に完成された歌集とする批評が多いようである。ただし、私は『紡錘』を『みずかありなむ』への過渡的な歌集として捉える考え方には与しない。なぜなら、『紡錘』には、『みずかありなむ』では失われてしまった、すぐれた面が認められるからである。
『紡錘』についての諸家の意見を、二つ参照してみたい。

散文がついに伝えることのできない心の世界を、彼女は言葉のもつ呪文的な要素の微妙な融合と断絶によって、伝え知らせようとしたのだ。（中略）彼女のうたう水甕も蟬も硝子も燕も、すべて日常的な意味をもっていない。それは現実的な形象を消しつつ存在を主張する。容器、虫、壁、鳥の特殊化されたイメージである。即物的でありながらこれ以上抽象化されようのない実存のつよさを、それらは光りに溢れて主張している。

（塚本邦雄『詞華栄頌』所収「抽象の塔」、一九七三年、審美社刊）

彼女が自ずから体得していた呪文的効果に、韻律の微妙な緩急、修辞の断続による陰影などが加わり、初学から希求してきた『方法の獲得』がここで成されたと断言できる。それは言葉の収斂であり、あくまでも意識的な技術の研鑽になるものであると言える。そしてそれこそ『紡錘』の唯一の弱みであり、致命傷とも成りえる深手である。

（林和清「『鳥髪』より――山中智恵子歌集『みずかありなむ』」、「京大短歌」一九九一年夏号）

この師弟二人の考察は、『紡錘』を読み進めていくうえで、念頭に置いておかなければならない。二人の考察の相違は、『紡錘』の中の代表的な連作である「塔」に対する興味深い材料を与えてくれる。引用が長くなるが、次に引いてみる。

『塔』一連、即ち、レオナード・ウーリー卿の発掘した、シュメル人の古都ウルと、その世界最古の文明を司った伝説の英雄、エレク第一王朝の五代目の王ギルガメシュを主題とした一連は、おそらく彼女の快心の作であり、その特殊さゆえに真の理解さえ阻む、集中の一つの暗礁であろう。自らにのみ憑かれた彼女が、一たび架空の英雄に憑かれた、自己中心の錯乱と告白をここに読みとるのだ。韻律、破調への独特の腐心と成果もこの作品集の隠された賜である。このコミュニケーションを拒絶することによって自立し、沈黙を究極の相としてこれに近づきつつある孤独な作品集が、この短詩形の混乱期に生まれたことを、ぼくはいたましい思いに満ちて祝う。

（塚本邦雄、同前）

『塔』五十首を見よ。（中略）ギルガメシュにこと寄せた確かに野心作ではあるが、それ以上でない力作。ここにこの歌集の限界を知るのである。この作為に満ちた遊びは、人を楽しませはするが酔わせはしない。世界最初の詩の発生に帰ろうとした心栄えは由々しいが、近東の乾いた地に彼女の血は通わず、妙に前衛短歌の方程式的な手法の顕示ばかりを感じるのである。

（林和清、同前）

「塔」については、山中に、「わがギルガメシュ――「塔」の主題」（『短歌の本』2所収、一九七九年、筑摩書房刊）という文章がある。山中は「塔」の主題について、次のように言う。

『極』の企画により、同人のすべてが、世界の任意の国家・地方・民族を選んで、作品五十首の主題制作を課され、私はメソポタミアに赴いた。塚本邦雄氏の立案記録では、パキスタンになっているが、私はたぶん、勝手に航路を変更したらしい。二十年近くも前のその当時、私には、四日市市の石油コンビナートに、累々として田畑を海を住居を浸食してゆく、異形の石油塔―石油タンク―の猛威と、古代メソポタミアの、ウルのジッグラトとが、二重写しに見えていたので、切実に歌いたいものは、現在イラクに属するウル周辺、聖書にいうカルデアのウル、アブラハムの家郷だったからである。

また、「塔」の構成については、次のように言う。

短歌　四十一首
対をなす変型短歌　二首
平仮名混じりの詞書　三
片仮名混じりの詞書　二

という構成になった。

以下では、その構造について考察を進めていきたい。

2

王ありきわがギルガメシュ　ひとり夕映えて植物の心を尋《と》めき
ヲトメアリキソノ名ワスレツ　ヒトリカギロヘバ石孵ルトゾ

山中は先の文章で、この2首について、次のように説明している。

この一対の変型短歌は、冒頭と末尾に置いた。平仮名は女声であり、片仮名は男声。短詩風の詞書もまた、同じ設定とした。最初に出来てしまった変型短歌は、対の詞書を書こうとしたら、おのずからこのような、前定型？になったという偶然の産物であった。対の声は、少なくとも五千余年の時空を隔てて、在らねばならない。

これは、「塔」の構造を語る山中の重要な証言である。「女声」で開かれた言葉の世界が、時空を超えて、「男声」で閉じられていることの構造的な意味に、充分に注意しなければならない。

「塔」を読んで、まず気がつくことは、この連作がさまざまなレベルの「内的な他者」による対話で構成されていることである。「内的な他者」の強度の差が、短歌、変型短歌、詞書によって違い、その強度の差が「塔」のイメージに重層性や多様化をもたらしている。そのような言語世界に「読者」が加わるとき、そこには意味以前の「異形なるもの」、しいて言えば、自己の「内的な他者」との出会いが用意される。それは、限定された意味に閉じてゆくテクストの統一された「主体」が、「読者の先入見」によって、その読者の知見相応の意味を見いだし、テクストの「意味」を限定することと対照的である。

「塔」の詞書と短歌テクストの言葉の交通の接点には、山中的な「主体」が存在している。この「主体」について、その「主体」を形成する要素の一つである「一人称」から考えてみたい。「塔」の「一人称」について、先の文章で山中は次のように述べている。

　四十一首の短歌は、常の平仮名混じりの表記、すべて一人称で歌われているが、一首一首の声の所在は、作者にも分別のつかぬほど、混成し、重層している。

「塔」の「一人称」を中心に、テクストに重層する要素を示してみる。

①「自己」と「他者」
②「男性性」と「女性性」

③「自然」と「人」
④「神」と「人」
⑤「過去のテクスト」と「現在のコンテクスト」
⑥「クロノス的時間」と「カイロス的な時間」
⑦「テクスト内部の時間」と「テクスト外部の時間」

もちろん、これらの要素は複雑に絡み合っており、容易には判別しがたい。

その「主体」は、イメージとイメージ、意味と意味の蝶番のような機能を持っている。また、自在に変容するトポスのような「主体」であり、同時に「自己」と「他者」が併存することも可能な「場」である。ゆるやかな関係性を柔軟に形成しうる「場」としての「主体」、そのような「主体」のあり方が「塔」の「一人称」には顕著である。

その「主体」は、自己中心的な「意味」への到達には到らない。言うならば、「解釈」への断絶から「間主観的」な思考へ、さらには言葉以前の「間身体性」へと、目を開かせてくれるものである。

その「主体」は、「塔」の構造的な「内的対話」と相まって、読者に「内的な他者」との出会いを招来する。「塔」における山中の試みでは、「自己」を通り抜けて、「他者」へと開かれる稀有な言語空間が形成されている。

言葉のヒエラルキーを形成しながらも、意味への支配的なドグマに陥らない「主体」、これは山中が「空間格子」後期の試行を生かすべく、新たに到達した山中的な「主体」である。この「主体」は、言語機能内に生じる開かれた「自己」である。それは、「読み」という行為によって、その「読み」に合わせて、具体的な単位体としての「自己」として実際には現われる。「主体」は「読み」によって、意味、イメージの境界をそのつど変更する。あらかじめ与えられている統一的な「主体」は存在しない。いっけん、このような曖昧さの世界を本質的なものとし、「読み」による可変的な言語世界を招来する。それは言葉を解放し、言葉の多様な象徴化をもたらす。

もちろん、テクスト内に可変的な状態を残したまま、「読み」以前に生じていると想定される開かれた「自己」はある。しかし、山中を含め、すべての読者は、「読み」という行為を通して意味の境界を区切って形成される「自己」にしか到達できない。

テクストを創造する行為から生じている「自己」と、「読み」によって現われる「自己」の埋めようのない懸隔、それはテクストの内部から外部へと生じる「自己」のアポリアであると同時に、「自己」の解放の可能性でもある。

テクストに体現されている「原初的な自己」から、読みによって作動する「位相的な自己」へ――、この二つの「自己」の飛躍のあり方が、「塔」ほど、詩的に多彩で、解放的な短歌を私は他に知らない。

前にも述べたように、「塔」は山中自身の「他者」への出会いを用意すると同時に、読者を予想外の「他者」の中へと解放する。それは経験的な概念図式を用いたテクストに対する認識、判断がまったく無効になるところから生じる。

私たちの理解は、それぞれの経験に基づく知的な集積の敷衍でしかない。そのような敷衍から普通に得られるものは、「主観性」が単独に働いているという認識からの内的な「他者」の無意識な隠蔽である。ただし、理解と解釈の循環構造、何らかの先入見がうまく機能しない反制度的な詩的な言語状況に直面すると、単独の「主観性」による「自己」は保留されつづけ、暫定的な理解の置き換えに終始せざるをえなくなる。そこに、「他者」への出会いが用意される契機が招来する。「塔」とは、まさにそのようなテクストである。

それゆえに、私は、塚本のように、「自らにのみ憑かれた彼女が、一たび架空の英雄に憑かれた、自己中心の錯乱と告白」を「塔」に読み取ったりはしない。また、『紡錘』を、「コミュニケーションを拒絶することによって自立し、沈黙を究極の相としてこれに近づきつつある孤独な作品集」だとも思わない。

「塔」における「一人称」、あるいは山中的な「主体」は、避けようもなく内的な「他者」から外的な「他者」を抱え込む。それは、逆の方向から「読者」を多様な「他者」の中へと宙吊りにすることでもある。そのような「他者」を介して、山中と「読者」のコミュニケーションは成立している。そして、そのコミュニケーションは通常の「意味」によって存在してはいない。「意味」以前、あるいは「身体性」によって成立しているのである。「塔」を難解なテクストとするならば、そのようなところに原因の一端があるだろう。

「塔」の「一人称」は、短歌という詩型内部における、ただ一人の「私」には収斂しない。それは、前衛短歌を含め、従来の短歌の構造的な価値に対する異化である。林の言うような、「前衛短歌の方程式的な手法の顕示ばかりを感じ」させるものではない。むしろ、その方程式の解体をすら体現しているテクストと言ってもいい。

前衛短歌は「私性」の意味を拡大したが、どのような登場人物であれ、すくなくともたった一人の人物に収斂していくことが、すぐれた短歌の必要条件であった。しかし、「塔」の「一人称」は、山中以外の前衛短歌の、どの「一人称」とも、その性質を異にしている。言うならば、詩的な「クイア」なのである。それは、「自他」「セクシャリティー」「年齢」「時間」「存在の次元」すら超えて、カオスの中に生誕する詩的な「クイア」である。

この「一人称」は、私に戦きを与える。なぜならば、テクスト内部に創り出された「人物」が、統一された一人の人物像に収斂することとは異質な、短歌テクストの詩的可能性を開示するからである。

短歌テクスト内部の「一人称」、あるいは造形された人物像が作者もしくは統一された人物像らしく見えることが、短歌表現のリアリティーを保証する絶対的な必要条件ではない。「塔」の抽象的な詩的表現に担保されたリアリティーは、テクスト内部の人物像の統一されたアイデンティティからは、やすやすと抜け落ちていく要素を持っている。

そこに、リアリティーよりも読解の不可能性を感受するのは、読者の先入見による予備的な知識と言語表現の制約とが相まった認識の一般性が、このテクストのリアリティーの本質を隠蔽するからである。「塔」は、その言葉以前にも、以後にも存在しない。言葉自身が、読者の内部に、

「塔」という「詩」を生み出すのである。統一された「私」に回収されることのない、短歌による「詩」の実現――。山中のテクストは、「クイア」な「一人称」によって、そのことを示してくれる。

言語の「外部」を問うことができないのは自明のことのように思われる。しかし、「塔」を「読む」という行為においては、そのような「外部」に到達しているかのような錯覚を受ける。その理由の一つは、先に述べたように、このテクストが統一的な「自己」に収斂する解釈を無効にしているからである。それは、創作主体に対しても、読者に対しても、同様に作用する。「塔」の一人称は、山中に基づきながらも、山中自身にすら制御できない「作中主体」である。「主体のポリフォニー」、もしもそのような言葉があるとするならば、そのように言うことができるだろう。

3

「塔」を読んでいくと、その半ばあたりに次のような詞書がある。

あなたはいま　めざめたばかり
エリドウの岩蔭の
まだそのあたり樺の木の茂る草地

朝霧のただ息洩れて　あなたは久しく言葉を
忘れた

この詞書は、二つの点において、「塔」の構造上の問題を如実に表わしている。一つは、「女声」によって呼びかけられている「二人称」である「あなた」が、連作のモチーフとしては、第一に「ギルガメシュ」を連想させながら、じつは時空を超えて、詞書に登場する「男声」への呼びかけになっていることである。山中が、「女性と男性」ではなく、「女声と男声」と説明していたことを想起したい。

また、この「あなた」と呼びかけている「私」は、明確に「誰か」を想定できるものではなく、曖昧な境界を隔ててカオスを形成する。そして、この詞書の「主体」は、短歌テクストの「内部主体」との対話（交差）を融合し、重層的な人物造形によるフラクタルな異形空間を現出する。「塔」における山中的な「主体」は、典型的にそのようなトポスに現われる。

もう一つの点は、この詞書から4首後にある次のテクストと詞書の「言葉」の関係から求められるものである。

相撲する牡牛ときみと瞳は澄みて言葉《ロゴス》の暗の隈なく映る

詞書の最後の二行、「あなたは久しく言葉を／忘れた」の「言葉」は、4首後の短歌にあるように、「言葉《ロゴス》」を指しているものと考えていいだろう。山中の「言葉《ロゴス》」に対する受け取り方は、第三歌集『みずかありなむ』所収の連作、「鳥髪」「離騒」の詞書において、はっきりと示されている。「鳥髪」の最初の詞書はあまりにも有名な、「私は言葉だつた。私が思ひの嬰児だつたことをどうして証すことができよう——」である。また、「離騒」の詞書は、「われはことば　見捨てぬほどのうれひなれ」である。

ここでの「言葉《ロゴス》」は原罪としての「言葉《ロゴス》」、山中の発言において、「言葉というのは何でもできるわけです、もう善悪を問わずにね。それから過去へも遡ることができるし、未来へもつながる。そういう意味でむしろ罪も深いと思われます。」（『討論・現代短歌の修辞学』三枝昂之インタビュー集所収「山中智恵子　抽象という直接法」一九九六年、ながらみ書房刊）と説明されるものである。それは、「ヨハネ伝福音書」に見られる「言葉《ロゴス》」の意味を山中的に敷衍したものである。

そして、このテクストの「言葉《ロゴス》の暗」とは、「鳥髪」の原罪としての「言葉《ロゴス》」を先取りしていると見なすことができるだろう。

「塔」における山中のテクストの言語構造は、言葉の通常の概念からは遊離している。一語一語は通常の言葉であるとしても、「塔」のテクスト内における山中的な「主体」、イメージの重層性は、さまざまな「他者」を呼び込む「カオス」状のトポスを形成し、通常の言葉以前の言語空間をかいま見せている。牡牛と「きみ」（ギルガメシュを中心とした重層的な人物像）の瞳に映っている「言葉《ロゴス》の暗」には、「原罪」だけではない、たとえば「象徴界」以前の、「想像界」の「カオス」状の言語空間が露出していると見なすのは、私の恣意にすぎないであろうか。

その舌を抒ぶるに明き瀑布みえウルはつなつの哀歌は過ぎむ
夜に歌を昼に怒りをたましいとわが息の緒の尾根薄明す
いちにんの心に乞ふと雪踏みてわが革命は血球に来よ

4

「塔」を読みながら意識に浮かぶのは、この連作の背景にあるコンテクストである。この連作には、創作当時の歴史的なコンテクストが関与していると思われる。特に「塔」が創作された前年の一九六〇年には、自民党政府の「日米の新安保条約単独可決」に反対する「安保闘争」、「全学連主流派」の国会構内への突入、「新安保条約自然成立」と、日本の戦後を方向づける一連の歴史的事件が起こっている。

「安保闘争」については、第三歌集『みずかありなむ』所収の連作「鳥髪」(一九六三年制作)の全体に関わる「主題」として、山中自身の発言が残されているが、「塔」にも、ここに引用したテクストなど、この事件が関連しているのではないだろうか。

山中智恵子のテクストには、権力によって虐げられた者の側に立つ視点が見受けられる。山中の歌には、虐げられたものに対する「鎮魂」の意味を帯びたものが多い。しかし、それは抽象的な詩的世界による象徴的な表現をとっており、具象的な表現として表出されたものではない。

その点に関して、「塔」に先行するテクストとして、第一歌集『空間格子』の「洪水伝説」を見ておきたい。「洪水伝説」には、先の論考でも述べたように、「破調」「一字空白」「一人称の省略」「言葉のヒエラルキーの解体」「主体性の歪み」などが見られ、「新しいリアリズム」を獲得するために、短歌形式の臨界点まで突き進んだ先鋭的な連作であった。

流れる空に馬酔木垂れ草履重くゆき風景の奥に石のモニュマン
幾たびひろがりて止む礁島の原子雲　偶像は泥の足して
樹はここに枯葉はここに新しき傀儡はまた軽軽登場
日に日は継ぎて相分つなき布を縫ふ　楽観の族劫罰よりとほき
暗い手をあげあふれ出た群のまはりに使ひはたした風景は渦巻き

（以上、一九五六年制作）

これらのテクストに影響を与えている歴史的なコンテクストをまちがいなく言い当てる自信はない。しかし、次のような事件は、すくなくともここに引用したテクストに関係しているものと思われる。

一九五四年三月「ビキニ水爆実験で第五福竜丸被災」、同七月「防衛庁・自衛隊正式発足」、五五年八月「第一回原水爆禁止世界大会」、同十二月「原子力基本法・原子力委員会設置法各法公布」。そして、「洪水伝説」制作の一九五六年には、次のような事件が起きている。十月「砂川事件」「スターリン批判」「ハンガリー事件」。

特に、ビキニ水爆実験による第五福竜丸の被災は、掲出歌の2首目に主題として読み取ることができる。また、他の掲出歌も、当時の政治状況への山中の批判がオーバーラップしてくるが、その点から評価しようとしても、メッセージとしての言葉の力はあまり強くない。「洪水伝説」にあっては、「新しいリアリズム」への方法的な格闘と、歴史的なコンテクストとの関わりが効果的に融合しているとは言えないのである。

「塔」の主題の重層性は、歴史的なコンテクストをテクストの底辺の基層部分に沈め、表層的な主題を支えているところから生まれてくる。しかも、その主題は、底辺の基層部分として表層的な主題を支えることにとどまらず、表層のほうへと流れ込んでゆく。さまざまなレベルの「読み」によるイメージの重層性が、そのような機能によって開かれていくことは言うまでもないだろう。

つまり、「塔」の主題を、『ギルガメシュ叙事詩』にのみ集約させる「読み」に対して、私は疑問を持つ。「塔」の豊かさは幾重にも語られなければならない。

5

「『ギルガメシュ叙事詩』には、〈人間とは何か、何ならざるか〉のロゴスが問われている。」とは、山中智恵子の先の文章の言葉である。山中は『ギルガメシュ叙事詩』の持つ、人間存在についての究極的な問題に強く感銘を受けている。それは「塔」にも多大な影響を与えていると考えられる。しかし、今はもう一度、「主体」の問題に立ち返るべきである。

最後に、『ギルガメシュ叙事詩』の主要な登場人物（神）と「塔」の登場人物との関係に触れておきたい。

『ギルガメシュ叙事詩』の主要な登場人物（神）としては、ギルガメシュを初め、その友人であるエンキドゥ、杉の森の巨人フンババ、愛と性的魅力と戦いの神イシュタル、大洪水を生き延び、永遠の生命の秘密を知っているとされるウトナピシュティムなどが挙げられる。ただ、「塔」の中で、固有名詞として登場するのはギルガメシュだけであり、他の登場人物は、それらの存在が暗示されるような表現にとどまっている。

これは、「主体」の重層性にとっては効果的な方法である。実際、次のようなテクストを見ると、その効果は十分に発揮されている。

木を植ゑて歌ふ捕囚の唯一神《ひとりがみ》　その面貌をかくさるる神
レバノンの杉の戸口をよぎりゆきわが声あらむ　夜をみひらけよ

掲出のテクストを『ギルガメシュ叙事詩』に照らし合わせて考えると、ギルガメシュとエンキドゥによる杉の森の巨人フンババ退治の場面がすぐに想起されるが、1首目の「捕囚の唯一神《ひとりがみ》」には、『ギルガメシュ叙事詩』のフンババよりも、別の神話である『イシュタルの冥界下り』の主人公「イシュタル」が、むしろ連想される。

また、2首目の「われ」には、ギルガメシュと融合した作中の「一人称」が重層的な作中「主体」を形成している。この「主体」の多義性こそ、「塔」の特殊性の一つである。

第4章 『紡錘』の方法2

山中智恵子の短歌の構造を解析した論の一つに、吉本隆明の「写生の物語」がある。吉本はその評論で、山中の原型的な難解歌の特徴を、「声調をつくるための呼吸が、短歌的であるよりも一つだけ長い」と指摘した。

山中智恵子は短歌的な声調の呼吸を一つだけひき伸ばすことで、短歌を定型の現代詩の領域にもっていった。超現実的な詩が和語の文法の解体の仕方によって成立しているとすれば、短歌の超現実は山中智恵子のばあい声調の呼吸の仕方を一つだけひき伸ばすことで、実行されているといってよい。

（「写生の物語」、「短歌研究」一九九六年三月号）

吉本の指摘は山中の難解歌の構造を的確に解析している。山中のその試みはかならずしも成功しているテクストばかりではないと指摘しながらも、そこにこそ短歌表現の詩的拡張の可能性を見いだしている。

とくに短歌がかけ値なしに日本語のソネットの一形式でありうる可能性はこの歌人の単独の表現の試みに帰せられるような気がする。（同前）

山中の原型的な初期難解歌の試行に対する核心に触れる吉本の考察は、吉本が山中の最良の読者の一人であることを証している。しかし、吉本が指摘した山中の成功作と失敗作に関する基準に、私はにわかには承服しがたい。

たとえば吉本が次の4首の中で、前の2首を試みの失敗作、後の2首を成功作としていることから、この問題を考えてみたい。

声しぼる蟬は背後に翳りつつ鎮石《しづし》のごとく手紙もちゆく（『紡錘』）
わが額に時じくの雪ふるものは魚と呼ばれてあふるるイエス（『みずかありなむ』）
さくらばな陽に泡立つを目守りゐるこの冥き遊星に人と生まれて（『みずかありなむ』）
わがゆめの髪むすぼほれほうほうといくさのはてに風売る老婆（『みずかありなむ』）

これら4首は、どの歌も山中の初期の名歌であると言っていい。しかし、吉本によれば、前の2首は、「短歌的な先入見で読む読者には得体のしれない韻の意味につきあたった気がして、立ちすくんでしまうにちがいない」失敗作であり、後の2首は、「呼吸をはじめから小刻みにすることで、一呼吸ひき伸ばされていることを意識させない」成功作であるとされる。

しかし、吉本の指摘する「得体のしれない韻の意味」そのものの中に、山中の初期テクストを解くカギの一つが隠されているように私には思われる。それは従来の短歌的な価値観からは明らかに逸脱しながら、その逸脱をもたらしているものの本質こそが、山中独自の「言葉《ロゴス》」によって構築した、山中の目指した「新しいリアリズム」の言語世界として特徴づけられるものではないだろうか。

吉本は同じ文章の中で、山中の原型的な難解歌について、次のような分析をしている。

シュール・レアリズムの詩を読むように、一首の意味やリズムの完結感を解体して非意味の方へひらいていくために言葉は運ばれている。無関係と飛躍を創るために言葉が選ばれているといっていい。

この言葉は、否定的な側面から述べられているものではない。しかし、山中の原型的な難解歌に対する吉本の「読み」には、先の4首の評価の違いから見るかぎり、一首のイメージの構築は、言葉のヒエラルキーに基づいた詩的な「像」の構築の枠内で捉えられている。それは、ある制度的な詩的条件のもとにおいてのみ可能な評価基準を山中のテクストにも当てはめることである。

私は、従来の短歌的な価値観が無効にならざるをえない言語世界が構築されているのが、山中の原型的な初期難解歌であると考えている。それは、吉本の言うように、「シュール・レアリズムの詩」を読むような感覚を与えるのかもしれないが、その二つの間にどのようなアナロジーを感じようが、そこには決定的な違いがある。

それは、山中の原型的な難解歌が、「非意味の方へひら」くのでも、「無関係と飛躍を創るために言葉が選ばれている」のでもないということである。むしろ、これらのテクストは言葉のリアルさが剝き出しになっている。「言葉《ロゴス》」相互の関係性があまりに濃密であるがゆえに、これらのテクストを解釈しようとすると、「非意味」「無関係と飛躍」という言葉に頼らざるをえなくなる。

その際、吉本に確固とした短歌に対する評価基準があることが、この場合に限っては、負の側面として働いているようにしか思えない。吉本がすぐれた山中の読者であっても、山中の原型的な難解歌を短歌一般の評価軸を視野に入れて理解しては、山中の初期テクストの特異性を読み誤ることになる。吉本においてすら、そのような「読み」を提示させる山中の原型的な難解歌は、短歌に対する固定観念があるものにとって、「得体の知れないもの」に見えたとしてもむりはない。

そのような山中智恵子の初期の原型的な難解歌に、散文的、意味的な理解を超えて感動する歌人は幾人もいる。その感動、あるいは衝撃は、かならずしも自分の短歌に対する価値観と触れ合うことがない場合でさえ、絶対的な詩的体験として避けようもなく訪れる。まさに、それこそ、山中の短歌の持つ「言葉《ロゴス》」の力ではないだろうか。

1

これまで、山中智恵子の「言葉《ロゴス》」を語るときに援用されたのは、『旧約聖書』の「原罪意識」や、『新訳聖書』の「ヨハネ伝福音書」の記述にある「言葉《ロゴス》」の理念が中心であった。それは、第三歌集『みずかありなむ』の連作「鳥髪」のテーマについて、「原罪」としての「言葉《ロゴス》」を安森敏隆が早くに指摘し（「つもれるつみといふ――山中智恵子歌集『みずかありなむ』評」、「幻想派」4号、一九六九年四月）、また、山中自身が「言葉《ロゴス》」の「原罪」について発言していることも、大きな影響を与えているだろう。

しかし、山中の「言葉《ロゴス》」を考えるうえで、そのような面ばかりが強調されることは、けっして望まれるべき批評状況ではない。山中の初期難解歌には、そのような理念にとどまらない「言葉《ロゴス》」の豊饒な力が秘められている。山中の「言葉《ロゴス》」は、制度的な意味以前の始源から呼び起こされる詩的な創造性に充ちている。制度化される意味的世界以前のカオスを含み持っている。

バーバラ・ウォーカーの『神話・伝承事典』に、「言葉《ロゴス》」について、次のような興味深い記述がある。

ロゴスの観念を人々の間に広めたのは男神たちだったが、「聖なる言葉の力」によって破壊や再創造を行う能力は、本来は女神のものだった。女神こそが、さまざまな言葉やアルファベット、ならびに「力ある言葉」として知られている秘密のマントラ（真言）を創造したからである。エジプト人のヘカウ（呪文）も、女神ヘカテ（すなわちマート）によって生み出された。命あるものすべては、太女神カーリーが彼女自身の「豊饒の子宮」の呪文オーム Om を唱えたときに、具体的な形をとって発現した。オームは原初のロゴスであり、「最も尊い音節で、すべての語音の母」だった。カーリーが生んだサンスクリット語アルファベットの50の文字は、「母親たち」の意の matrika と言われた。ヒンズー教の聖典には、「母親から子どもが生まれるのと同じように、matrika すなわちアルファベットの語音から、世界が生じる」と記されていた。オームは「マントラの母」mantra-matrika であり、カーリーがこれらの聖なるマントラを唱えることによって、神々を含めた万物が創造され破壊された。カーリーの創造の声は擬人化され、「宇宙樹」の頂で天界の水から生まれた女神ヴァーチュ（「声」）になった。ヴァーチュは、宇宙に存在する万物のみならず、「万物の父」と自称する男神まで生んだのだった。

（『神話・伝承事典——失われた女神たちの復権』一九八八年、大修館書店刊）

バーバラ・ウォーカーはロゴスを、タントラから発して新プラトン主義の哲学を経由し、キリスト教に伝えられた創世理論であるとする。つまり、ロゴスは原初的には「女性原理」に基づくものであり、産出能力のない男性がものを産み出す力として、「男性原理」の側へとその力を収奪したものとするのである。産出能力の「女性原理」から「男性原理」への収奪は巧みに行なわれ、その痕跡を見事に抹消し、隠蔽してゆく。まるで、ロゴスの起源が初めから「男性原理」の側にあったかのようにである。

しかし、そのような抹消や隠蔽はロゴスに限ったことではない。古代女性神から男性神への力の収奪（移行）はすべてそのように行なわれていたはずである。

バーバラ・ウォーカーのこのようなロゴスに対する見解は、山中の「言葉《ロゴス》」を考えるうえで、ある重要なヒントを与えてくれるのではないか。この文章を読んだときに私が最初に感じたのは、そのことであった。この事典がフェミニズムの立場から書かれていることは、その副題からも明らかであるが、そのことを考慮に入れても、以下の論において支障があるとは思えない。

山中の「言葉《ロゴス》」を読み解くヒントの第一は、ロゴスの起源が女性神であるカーリーから始まっていること。（ロゴスの起源が「女性原理」に基づくこと。）

第二は、ロゴスに破壊と再創造の力が備わっていること。（カーリーの唱えたオームは、創造の文字「アルファ」であるとともに、破壊の文字「オメガ」であること。）

この二つの要素を視野に入れながら、山中のテクストを改めて省察すると、山中的な「主体」の問題が山中の「言葉《ロゴス》」の特異性と同時にふたたび浮上してくる。

山中の初期テクストに現われる「主体」は、個々のテクストの中で、その一回性を生きる特異なものである。「主体」が先にあって「言葉《ロゴス》」が構築されていくのではない。「言葉《ロゴス》」が先にあり、「言葉《ロゴス》」によって創られた世界に初めて形作られていく「主体」である。それは、山中の「言葉《ロゴス》」の特異な世界にのみ現出する「主体」である。同じ山中のテクストであっても、まったく同じ「主体」が二度と現われることはない。

個々のテクストの一回性のみに現出する「主体」、一回性の意味の「創造」と「解体」の繰り返し。「創造」と「解体」の運動の中で繰り広げられる「言葉《ロゴス》」の世界。それはテクスト相互の言語空間の重層性を呼び起こし、さらに個々の言語空間を重層的なイメージの世界へと織り上げていく。「主体」は、その運動の連続性の中で「生」と「死」を繰り返しながら、姿を変えつつ「現象」しつづけるのである。

「言葉《ロゴス》」による一回性の世界の「創造」に現われる「主体」、この「主体」は一回性であることによって、そのつど濃密な言葉のリアリティーが保証される。言葉のリアリティーは、他の何ものにも還元できない絶対性として、そのテクスト内部の「言葉《ロゴス》」がもたらす、「一回性のアルファ」であり、「一回性のオメガ」である。

山中の「言葉《ロゴス》」とは、二重性を含み持つものではないだろうか。それは、「一回性をもたらす始源の言葉《ロゴス》」という意味と、従来から山中の「言葉《ロゴス》」の説明に使用された「原罪の意味としての言葉《ロゴス》」である。この二重性は、前者が「女性原理」に、後者が「男性原理」に対応しているものではないか。すなわち、基層（深層）に「女性原理」に基づく「一回性をもたらす始源の言葉《ロゴス》」があり、表層に「原罪の意味としての言葉《ロゴス》」がある。

もちろん、この二つの「言葉《ロゴス》」の意味は完全に分離しているものではない。二つの「言葉《ロゴス》」の性質がねじれ合いながら、山中独自の「言葉《ロゴス》」の意味が形成されていく。山中のテクストの中で表面化する「主体」は、この「言葉《ロゴス》」の二重性を生きていることにおいて、さらに意味の重層性、イメージの多様性を生きることになる。そこに、永遠の「他者性」を生きるテクスト内部の「主体」を幻視することも可能だろう。

2

「一回性をもたらす始源の言葉《ロゴス》」という問題は、たとえば第二歌集『紡錘』に頻出する「石」と「鳥」という、この歌集の重要なキータームを視野に入れることで、さらに具体化されるのではないか。

「石」と「鳥」というキーワードはいっけん対照的であるが、どちらも「神の霊性」を人間に媒介するものとしての共通性を持っている。また、霊的な力を発現する「石」と「鳥」は、「異界」と「現世」への交通を媒介する。「鳥」は「異界」と「現世」の境界を自在に交通し、「石」は現世にあって、その場に「異界」を創り出す「磁場」になりうるものである。

『紡錘』において、この二つのキーワードの比重の違いははっきりとしている。「石」のほうが、より重要な「言葉《ロゴス》」として歌集全体にわたって頻出し、『紡錘』の基調を創り上げているのである。「石」という「言葉《ロゴス》」は、『紡錘』の奥深くにまで沈んでいる。この「石」というキーワードの重要性を思うとき、私は『紡錘』を、「石」に真向かう歌集である、と言っても過言ではないと思っている。

「石」という「言葉《ロゴス》」を山中が意識的に使用し始めるのは、第一歌集『空間格子』の後半部分、「記号論理」においてである。次にいくつか、「石」を含むテクストを引用してみる。

捧げるものなくなりしという物語の絵　石庭に来て叫ばぬ石あり
流れる空に馬酔木垂れ草履重くゆき風景の奥に石のモニュマン
相似たる明日の形影　置き去りし暦のなかの小石の重く
つまづきし石は清潔な貌をもてり無辺際われをゆるさぬ凝視

『空間格子』の後半部分、「記号論理」での「石」の使用は、象徴性という意味において独特なものがある。擬人化された「石」は、キーワードとして特異な位置を与えられている。山中における戦後風景の、喪失感をともなう精神世界を詩的な象徴性として実現する核《コア》になっているものだ。

「記号論理」のテクストの段階では、「石」は特異な象徴性を帯びた言葉として使用されるにとどまる。従来の比喩の使用法からさほど隔たってはいない。「石」という言葉が重要度の高い「言葉《ロゴス》」であっても、そのテクストの内部で初めて創造される「一回性のアルファ」であり、「一回性のオメガ」であるわけではない。これらの「石」の意味は、テクスト以前に与えられている。それはテクスト全体の「言葉《ロゴス》」が「一回性をもたらす始源の言葉《ロゴス》」としての機能を、いまだ果たしていないということである。

しかし、『紡錘』の「石」には明らかな変化が見られる。『紡錘』に「石」という「言葉《ロゴス》」が頻出することになった一つの理由は、『空間格子』から『紡錘』への過程で、「記紀歌謡」『風土記』

を初めとする古代文献の、山中のテクストへの影響が深まったことにある。山中の古代との交感は、「石」に対する認識にも多大な影響を与えた。古代の日本は、「霊」的な側面で特に強く「石」の文化であった。

山中智恵子の「三輪山研究」の書『三輪山伝承』には、「はじめに石ありき——磐座・神籬・社稷」という「三輪山の神」と「石」についての関係を論じた、すぐれた文章がある。『紡錘』で「石」が使用されているテクストをいくつか確認したい。

① 声しぼる蟬は背後に翳りつつ鎮石《しづし》のごとく手紙もちゆく
② 昏れおちて蒼き石群水走り肉にて聴きしことばあかるむ
③ たまかぎる夕映生るる石ひとつわが鶺鴒《いしたたき》石たたきゐて
④ 石の咽喉静かに炎ゆるたましひをうちあぐる河すみやかに陥ち
⑤ 道標の石に翅閉づさきの世の扇の風のおはぐろとんぼ
⑥ サフランの花摘みて青き少年は遙たり石の壁に入りゆく

これらのテクストにおける「石」の意味は、『空間格子』に使用された「石」の場合とは決定的な質の「差異」を含み持っている。山中の短歌の成熟だけではない言語環境の問題である。

吉本が原型的な難解歌の実例として、「短歌的な声調の呼吸を一つだけひき伸ばす」試みの失敗作とした①の場合、一回性の意味を与えられた「鎮石」は他に敷衍することのできない絶対的なものである。この「鎮石」という言葉は、山中のテクストの中でしか命を与えられることがない、「言葉《ロゴス》」のグロテスクとも言える相貌をかいま見せている。

その「言葉《ロゴス》」の生命感は、制度的な「観念化」や「普遍化」を「異化」して、エロチックですらある。それは「石」自体の持っている「生命感」や「霊性」が、山中のテクストの中で、初めて解放されていることに感銘を覚え、心打たれることでもある。言葉によって失われたものを呼び寄せる力、山中のこのテクストには、「言葉《ロゴス》」が呼び起こす初発の力が備わっている。「鎮石」をキーワードとして、「一回性をもたらす始源の言葉《ロゴス》」としての機能が備わっているのである。

そして、このテクストの背後に、「言葉《ロゴス》」による一回性の世界の「創造」と「解体」の連続性の中に現われる、山中的な「主体」があるのは言うまでもない。「鎮石」という「言葉《ロゴス》」を核《コア》に構築された二重性を含み持つ、一首全体の「言葉《ロゴス》」は、メタレベルとしての山中的な「主体」を現象する。

このようなテクストに対して、「得体のしれない韻の意味」を見ることによって否定的な見方をするか、制度的な意味の世界を「異化」する「一回性」の「言葉《ロゴス》」の世界を評価するか、山中の原型的な難解歌に対する評価の所在が問われることになるだろう。

しかし、『紡錘』のすべてのテクストに関して、このような見方ができるわけではない。

ここに引用したテクストの場合、③、④に関しては不完全ながら、①に見られるような「一回性をもたらす始源の言葉《ロゴス》」としての機能が備わっているようである。しかしながら、②、⑤、⑥に関しては、そのような機能が備わっているとは言い難い。

たとえば、⑥の場合には、一読して、吉岡実の代表詩「サフラン摘み」が連想される。、この一首が、詞書のように「サフラン摘み」の冒頭に置かれていても、さほど不自然な感じは与えないだろう。山中のテクストと並べて、「サフラン摘み」の前半部分を引用してみる。

サフランの花摘みて青き少年は遙たり石の壁に入りゆく

クレタの或る王宮の壁に
「サフラン摘み」と
呼ばれる華麗な壁画があるそうだ
そこでは　少年が四つんばいになって
サフランを摘んでいる
岩の間には碧い波がうずまき模様をくりかえす日々
だがわれわれにはうしろ姿しか見えない
少年の額に　もしも太陽が差したら
星形の塩が浮かんでくる
割れた少年の尻が夕暮れの岬で
突き出されるとき

われわれは　一茎のサフランの花の香液のしたたりを認める

山中のテクストが石の壁に入る少年の動作を写し取っているのに対して、吉岡の詩は壁画になった少年を写し取っている。また、山中のテクストが表現「主体」の直接的な視覚体験として詩的構築がなされているのに対して、吉岡の詩は伝聞として始発し、重層的なイメージのエロスの迷宮を開示していく。

この二つのテキストを比較することがこの稿の目的ではないので、ここではこれ以上の言及はしない。

私がここで言いたいのは、山中の「サフランの花」のテクストは、他のものにイメージを敷衍することが可能な意味的世界によって創られているということである。このテクストの中だけでしか意味をなさない「一回性をもたらす始源の言葉《ロゴス》」としての機能が、「言葉」のレベルにも、「主体」のレベルにも備わってはいない。

つまり、このテクストは、「一回性のアルファ」であり、「一回性のオメガ」である「言葉《ロゴス》」の絶対性のうえに構築されてはいないのである。このテクストの場合、一般的な短歌の価値観で評価することができる秀歌であると言えるだろう。

第5章　『紡錘』の方法3

前章では、山中智恵子の「石」という「言葉《ロゴス》」を、その機能の面からやや即物的に分析してみた。ここでも、この「言葉《ロゴス》」の機能をさらに検証してみたい。山中の連作の持つ特異な性質にも触れることになる。

山中は著書『三輪山伝承』の「はじめに」に、次のように記している。

国びとのあくがれと恐れをあつめて、大物主神とよばれはじめた三輪山の神は、美しい蛇身をもつと信じられ、花開き散る穀物の、とりわけて稲の豊穣を祈る、〈花しずめ〉の神だった。大物主神は、大和の国の魂であり、土着の国つ神であり、人びとの守護霊として、霊魂《たま》であり鬼神《もの》であった。ひとたび死してものにつつまれ、石に出で入りよみがえる〈生《あ》れみたま〉であり、恋われて夢に顕つ神だった。

（『三輪山伝承』一九七二年、紀伊國屋書店刊）

「あとがき」には、次のような言葉が見える。

私の三輪山鎮魂は、欝然としてなおあかるい三輪山のすがたと、『年中行事祕抄』の「鎮魂祭の歌」と、折口信夫先生の『古代研究』の「水の女」からみちびかれたものだった。

そして、同書の「はじめに石ありき——磐座・神籬・社稷」には、次のような興味深い記述がある。

ついさきごろまで大和の少女たちは、三輪山のまどかなすがたを心に念いつつ、そのまるみにあわせて袂を縫ったという。その少女さびた山の風姿からは想うべくもない懸崖の上に、奥津磐座がふいにあらわれる。自然露頭とおぼしき尖った巨石を中心に、石が群れ立ち、あきらかに一部は人の手によって配されたかとみえる跡をのこしつつも、そのまま自然にうち乱れ、折り重なって累累たる暗緑の磐座が鎮まっていた。何事かあり、ふいにそのすさびが鎮まったかのような、このゆゆしい降臨の座を「ひもろぎ・いはさか」とよび、大物主神の係恋と鎮魂の座というのであろうか。神も神を祈《うけ》いするものも、ここではひとたびは死なねばならぬ。そして死よりもはげしくよみがえりを待たねばならぬ。（中略）神籬・磐座（磐境）は一体のものだった。ひもろぎは霊魂の宿るものであり、霊魂は石に出で入るもの——石にこもって成長し、「みあれ」するものであり、霊は樹木や柱をつたわって降りて来るものだった。

『紡錘』に収められた「花しづめの歌」は、山中が「三輪山」＝「大物主神」に対する思いを初めて本質的に意識化して創作したものである。この連作は、多義的な要素を孕み持つ複雑なテクストであり、一つのテーマや意味に限定して解釈しようとすると、その解釈はテクストの重層性によって端から無効にされていくように思われる。

私も、この連作のテーマは、「三輪山」＝「大物主神」に対する「鎮魂」のみであると、一義的に理解するつもりはない。

この連作は山中智恵子の「資質」と「詩質」が融合し、そして折口信夫の影響のもとに創作され、山中短歌に決定的な「意味」を開示しているものである。「石」という「言葉《ロゴス》」に始まり、「石」という「言葉《ロゴス》」に終焉する、とでも言えるような、特異なテクストの構造を胚胎している。

1

この連作の特異性を考察するにあたっては、折口信夫の『古代研究』『短歌研究』のいくつかの重要な成果を念頭におきたい。「日本文学の発生」における折口の「外来魂」の考察、中でも「言霊信仰」の問題、それに付随して、「石に出で入るもの」における「石」と「鳥」と「魂」との関係性である。折口は「日本文学の発生」の中で、「言霊」について、次のように分析している。

神語を発する能力ある神となることを考えたのが、次には、神語を発する能力自らが来り寓るものと思ふ時が来た。神語を発する神でなく、神語の威霊を考へたのである。此信仰が展開して、言霊信仰が現れて来ることになる。

（中略）言霊は詞霊と書き改めた方が、わかり易いかも知れぬ。最小限で言うても、句或は短文に貯蔵せられてゐる威力があり、其文詞の意義そのままの結果を表すもの、と考へられて居たのである。だから、其様な諺や、言ひ習はし、咒歌・咒言などに、詞霊の考へを固定させるに到る前の形を考へねばならぬ。神の発言以来、失はず、忘れず、錯たず、乱れず伝へた詞章があった。其詞章が、伝誦者によつて唱へられる毎に、必其詞章の内容どほりの効果が現れるものと考へられた。此が詞霊信仰であつて、其に必伴ふ条件として、若し誤り誦する時は、誤った事の為に、詞章の中から、精霊発動して、之を罰するものとしてゐた。

（「人間」所収、一九四七年）

また、「石に出で入るもの」には、次のような記述が見える。

巫祝の徒は、我々が感じる以上に、其処に、その石なら石を通して、これは大国主の形、これは少彦名の形と見るのです。つまり、石の形を通じて神を見てゐるのです。（中略）石の中に神霊の宿るといふ信仰は、沢山あります。其宿つてゐるのを見抜くのは巫祝の力なのです。（中略）石の中に、魂が這入つて来る。鳥の卵は、始めから物が這入つてゐる。外から物が這入つて来て、或期間籠もてゐる、だから出て来ると考えてゐるのです。此は、石と同じ事です。

（中略）此、とりになるといふ事は、魂が自在を得る形・何処へでも自由に行ける形です。
（「郷土」所収、一九三一年）

詞章に魂が宿るという考えが言霊信仰と呼ばれている。折口は完結した文章でなければ言霊は宿らないと考えていた。言霊が宿るのは、呪詞であり、短歌である。また、霊魂の宿った詞章が文学の方面における、折口の言うライフ＝インデキスである。その根拠は「他界」「常世」が持っている。遠処にある石が人の霊魂を内在しているのである。

折口の「外来魂」「言霊（詞霊）」についての分析は、「石」と「鳥」に対しての「神」「魂」との関係性と同じく、初期山中の難解歌を考えるうえで重要な問題である。それにとどまらず、さらに重要なのは、これらの古代研究を基礎にした折口の近代短歌論が山中に与えた影響である。「歌の円寂する時」を初めとする折口の「短歌滅亡論」は、山中を「新しいリアリズム」の試行へと向かわせた原点の一つではなかったか。山中の初期テクストの原点に、折口の短歌様式の本質に対する深い洞察に裏打ちされた危機意識があるのではないだろうか。

折口の現代短歌に対する危機意識は、抒情詩としての短歌の「本質」「様式」が、『玉葉』『風雅』によって完成したとみなすことがひとつの根拠になっている。この2歌集以後の短歌は衰弱せざるをえない運命にあり、形式としては残っても、様式としては滅亡するというのが折口の考えである。抒情詩としての短歌の本質は、「現代」というコンテクストのもとでは、その様式を変化させることによってしか生き残ることができない。折口が短歌様式の次に来るべき詩型として、四句詩型の様式の試行に向かわざるをえなかったのは必然的なことであった。山中は折口の「短歌滅亡論」をどのようなレベルにおいて共有したのか。

折口の「短歌滅亡論」を解釈した興味深い評論に、川村湊の「歌の死滅」という文章がある。川村の評論は、なぜ、折口が「短歌滅亡論」を書かざるをえなかったのかを、「短歌様式」と「言霊」の関係から明快に論じている。

つまり、彼は本当に「歌」には生命があり、その生命力は衰えることによって、いずれ死滅せざるをえないものと考えていたのではないだろうか。歌を穏やかに円寂させることによって、そのたましいを「鎮魂」すること、折口信夫の歌論、釈迢空の作歌それ自体が、そうした「歌」を円寂させようという彼の試みにほかならなかったと思われるのである。（中略）現代の歌の言葉には、言語精霊、言霊は宿っていない。（中略）歌を作り言葉を語るものの役割は、いったんそれらの歌や言葉を「円寂」させ、それを鎮魂することによって、また新しい「たましい」をそれらに付着させることだ。そして、その前提として、「命数」の尽きた現代の「歌」は、やはりいったん死ななければならなかったのである。（中略）現代の、「たましい」を失った言葉によって表しうるのは、「たま」「もの」のその幻にしかすぎない。しかし、こうした幻の「たま」「もの」の世界から再び新しい歌、新しい言霊の生み出される時がくるはずである。歌の死滅の後で、折口信夫＝釈迢空の手の中に、たとえただ襤褸《らんる》のような口語と散文とが残っているきりだったとしても。

（『言霊と他界』所収「歌の死滅」、一九九〇年、講談社刊）

そして、「たま」や「もの」の幻を、折口が短歌ではなく、四句詩型の様式によって歌ったことに、川村は意味を見いだしている。

折口の「短歌滅亡論」に対する山中の共有は、川村の折口理解と通底するものがあるのではないか。それはおそらく、折口の言う「外来魂」である「言霊（詞霊）」を現代短歌の中へふたたび呼び込み、甦生させることを山中が自身の短歌に課したことによって始まっていると思われる。短歌の命数からして、折口は現代における短歌様式による「言霊」の甦生を断念せざるをえなかった。にもかかわらず、山中はあえて、その不可能と思える困難に立ち向かった。その方法こそ、山中の言う「新しいリアリズム」である。

山中の「新しいリアリズム」は、現代短歌に「言霊」の甦生を目指した「リアリズム」ではなかったろうか。その「リアリズム」は、不可能を可能にするという意味において、いかにも現実的に見える「リアリズム」ではない。その「リアリズム」は、現象学的に保証される他者のディスクールとの絶え間ない関係性による、「間主観的な過程」を通じて構成されたものではありえない。

現代のコンテクストにおいて、短歌に「言霊」を招来し、甦生させるためには、そのような条件のもとで保証されている「リアリズム」を、いったん制止、脱臼させることが必要だからである。「間主観的な過程」を通じて構成されたリアリティーは、「言霊」の招来、甦生のために、まず最初に制度的な意味の解体が要求されていた。

山中智恵子は折口の『古代研究』『短歌研究』の成果を踏まえ、現代短歌への「言霊」の招来、甦生を試行する。「花しづめの歌」は、「三輪山」=「大物主神」に対する「鎮魂」と同時に、「言霊」を招来し、あるいは甦生する「言葉《ロゴス》」の力を実現しようとしたのではないか。そのための重要な機能を果たしているのが、「石」と「鳥」を中心とした「言葉《ロゴス》」の役割である。

2

「この世」と「あの世」、「此界」と「他界」を往還する「魂」は、山中智恵子の短歌によって憑依する「言葉《ロゴス》」を与えられる。霊魂の世界としての「常世」「妣の国」との通路が形成される。「花しづめの歌」はそのような「言葉《ロゴス》」の機能を持つ特異なテクストである。

制度的な一義的な意味には、「言霊」を招来し、甦生させる力は備わっていない。普遍的な意味の解体の「運動」そのものに「言霊」は招来し、甦生する。一か所にとどまることのない永遠の「意味」のメタモルフォーゼの運動に、短歌様式による「言葉《ロゴス》」の構造化がなされることで、「言霊」が招来し、甦生するトポスが形成される。

山中の「言葉《ロゴス》」は、「神」や諸物の「魂」が憑依するトポスであると同時に、「言霊」の招来し、甦生する「言葉《ロゴス》」であるという二重の意味を帯びている。それは、山中の「言葉《ロゴス》」の持つ力、「言葉《ロゴス》」の二重性によって短歌様式に構造化されたものである。「言霊」が制度的な普遍性を持つ一義的な意味には招来し、甦生しないということを、山中のテクストは側面から説明しているのである。

山中のテクストが難解に見えるのは、私たちが言葉の制度によって普遍化されている意味を唯一の基準として、そのテクストを解釈しようとしているからである。そこには初めからアポリアが胚胎している。そのアポリアとは言葉のリアリティーの問題である。

山中の言葉のリアリズムは、制度的、普遍的な言葉のリアリズムとは、その性質を異にしている。山中のテクストを解釈するとき、私たちは普遍的な言葉のリアリティーを否応なく基準にせざるをえない。ここに、山中のテクスト解釈のアポリアが現われる。

しかし、言葉の制度を超えて、リアリティーの真の意味を私たちは決定することができるのだろうか。いや、そのようなアポリアに対峙していることこそ、山中のテクストの最大の特徴の一つである。

一回性の「言葉《ロゴス》」の磁場に形成されるリアリティー。そして、そこに招来し、甦生する外来魂である「言霊」。山中の二重性を帯びた一回性の「言葉《ロゴス》」の磁場は、「言霊」を招来し、甦生させるためのリアリティーを一度的な詩的言語空間の中に形成する詩的達成である。リアリティー自体が、短歌様式の中で一度的なものとして、「誕生」と「消滅」を繰り返すのである。「言霊」の招来と甦生、「三輪山」=「大物主神」に対する「鎮魂」を第一義に置く「花しづめの歌」には、二重の「言葉《ロゴス》」の作用で、意味の多義性と流動性を孕み持つ、まったく異質な詩的「リアル」が機能している。ここでは、『空間格子』から始められた「新しいリアリズム」を目指す山中の試行が、かなり初期の段階で完成し、実現していることが確認できる。

「花しづめの歌」には、普通の連作に見られるような物語性やクロノス的な時間の流れが存在していない。連作という言葉を使うこと自体が憚られるような、一首一首の独立性が厳然として保たれている。

ただ、一首一首のテクストの繋がりを仔細に見ていくと、この連作の構造が窺える。テクスト相互の「言霊」が「交感（交歓）」するような言語空間構造が創りだされているのである。そのような言語空間は、山中の一首一首における「言葉《ロゴス》」が形成する詩的空間と類似的である。一首一首のテクストの構造と連作の構造は、アナロジーによる結びつきを深めながら、「言霊」の招来と甦生を実現するリアリティーを深化させるため、相互に機能しあっているのではないか。

そうした相互の機能の実現には、山中的な「主体」と独特の「言葉《ロゴス》」である「石」と「鳥」が介在する。

晴れた日は　三輪山に　しづめの狭井に　水
そそぎ　記憶をそそぎ　往きて、還れ　魂《プシュケ》よ
その生成のかなしみを——

①　銅板の鳥しづみきて胸を刺す　傷《やぶ》らずばなほ羞《やさ》しき翳り
②　遠く置くものに遁るる晴れし日の木魂織りなす野の並列石《アリニュマン》
③　きびたきのきてついばむはあらはなるまひるのことば早瀬の恋

④　杳き罪あるかたより雁のこゑわたりまなうらのあかるみねむる

「花しづめの歌」の冒頭の4首である。

①は、「銅板の鳥」でありながらも、「魂」の自在さを象徴している「鳥」によって、その往還の初発が詠まれている。「しづみきて」は、詞書の「しづめの狭井に」の「しづめ」を受けているのではなかろうか。

このテクストの下句は、詞書の結びの言葉と「言葉《ロゴス》」の震えのような感応を示している。このテクストの下句に示されている屈折をともなう静謐な抒情性は、「魂」の「生成のかなしみを」照らし返しているように思える。それは、このテクストの「主体」が、テクストにイメージの重層性をもたらしていることから派生している。

②は、「異界」＝「常世」に遁れて行った「魂」そのものが「主体」であるように読める。その「魂」は、歌の中の「木魂」と読めなくもないが、別に想定することも可能な言語構造を持っている。「木魂」と「並列石《アリニユマン》」は深く結びつき、「鎮魂」の姿を露わにしている。その「鎮魂」は「魂」の招来なくしてはありえない。

①から②への関係性は、表層的な意味のレベルでは窺い知ることができない。ここでは、①の「魂」の往還の初発と、山中的な「主体」の機能を観念的に②に置き換えることなく、相互の詩的言語空間の「交感（交歓）」として言葉の深層において感受することが求められる。そして、この「交感（交歓）」とは、超越論的にある「意味」を指し示すものではないだろう。「言葉《ロゴス》」を

媒介しながらも、観念化することのできない「交感（交歓）」が生起する。それは、形而上学的な「意味」を超えて、一つの「意味」の中にはとどまりえない「交感（交歓）」である。

それが「言霊」の招来、甦生のために機能する「言葉《ロゴス》」の磁場を創りだし、「言霊」のための「リアリズム」を現象する。その「言葉《ロゴス》」の磁場は意味と意味の「境界」、「間」に生起するものであるだろう。
③と④は、同時に視野に置くことで、このテクストにとどまらない山中のテクストの特異性を、これまでとは別の角度から分析することを可能にするものである。
その分析は、③のキーワード＝「ことば」と④のキーワード＝「こゑ」の二つの「言葉《ロゴス》」を比較し、その特殊な機能、関係性を読み解くことによってもたらされる。

以下では、論の展開上、個々のテクストの解釈にはこだわらないで、「こゑ」と「ことば」の特異性に中心を絞って分析を進めたい。

この分析は、まず初めに次に引用する河野裕子の評論から触発される。河野は「こゑ、ことば、こころ――山中智恵子論」の中で、次のように『紡錘』の時期の山中の歌を分析している。

> 縹渺として伝えようのないこころを、ことばによって表現することの危惧と懐疑を、『紡錘』の時期、山中智恵子は、おそらく同時代の誰よりもつよく抱いたにちがいない。（中略）ことばではなく、こえ。ことばは、存在そのものであるのかもしれないが、こえは、こころのようにとらえどころなく、原初的であり、分明ではないだろう。ことば以前に、こえがあることを、

山中智恵子はつよく意識していたはずだ。（前略）ものに即いたことば、意味をもったことばへの、不信とおそれが顕著である。（中略）ことばを意味ではない何かでありたいと願い、そして、この世のことばで表現しえないあまりにも微妙なこころの感受したものを、ことばで表現するしかない自己矛盾。（中略）山中智恵子が、ことばとこころ、ことばと表現につよくこだわる理由のひとつは、彼女の歌が、ものを見ることから発想されるのではなく、あまりにも独自で、かすかなこころの揺らぎや、情念から発想される歌であるからではないだろうか。ことがらや、ものに託して歌うことを、彼女の抒情質の側から拒否してしまうところがあるからである。

（「短歌」一九九一年九月号）

河野は『紡錘』を、表現者としての自己矛盾に苦しみながらも、けっして散文的な意味では感受しえない作品世界を創出した透明な孤高を持した歌集であると考察した。また、ここに考察される「ことば」への「不信」や「おそれ」は、次歌集『みずかありなむ』の歌では解消されていくことを例歌によって示してみせる。

私はこの評論における河野の考察を、結論部分において肯定することができない。そして、『紡錘』から『みずかありなむ』への移行を河野のようには考えていない。

その点を考慮しながら、『紡錘』における「こゑ」と「ことば」の特殊な機能、関係性を、山中の初期テクストを巨視的に視野に入れながら分析したいと思う。そこで問題になるのは、『紡錘』が「言霊」を招来し、甦生させるリアリズムによって構造化されているということである。

3

第一歌集『空間格子』には、「こゑ」と「ことば」を含むテクストは、わずかに5首しか収められていない。特に、「こゑ」を含むテクストは次の1首だけで、しかも、その「こゑ」は、「医師の声」という日常性の側に深く根ざしたものであり、山中的な特異な「こゑ」の意味をいまだ含み持つものではない。

医師の声にいざなはれ陥ちゆく深きねむり甘美なる声よ生死の牧歌　（「記号論理・牧歌」）

しかし、「ことば」を含む4首のテクストには、『紡錘』以後の「ことば」の性質の萌芽のようなものが見られる。比較の意味を込めて、4首すべてを次に掲げてみる。

① 遠きことば遠き指先今日も坐してあなたの方に刻みゆく時間　（「記号論理・形象」）
② 汲みつくす言葉はゆたかなる痛手となれ土偶ひとつまた手につくられむ　（「記号論理・土偶と風の章」）
③ さがしあてし言葉螺旋に閉ぢこめてフリュートは冬の靄にはてなし　（「記号論理・牧歌」）
④ はかなしとつぶやきて眠れば言葉よりもはかなき夢にあやされむかも　（「雅歌・方形」）

①は、「遠き」という形容詞が「ことば」と「指先」の双方を修飾することによって、意味の多義性を相互に導き出し、下句の「あなた」の抽象性と融合して重層的な詩的世界が意識化されている。

②では、「汲みつくす言葉」自体は、あくまでも具体性に基づきながら、下句の表現により、非日常的な抽象性を上句の具体性に加えて、短歌的なレトリックが効果的に発揮されている。

③も、②と同様に、「さがしあてし言葉」という日常性のレベルを、下句の抽象度の強い表現によって、日常性の異化から詩的表現への転換が図られている。

『空間格子』に収められたテクストの中で、もっとも制作年代の早い④では、「言葉」は「夢」のはかなさを強調するパーツとして使用されているのみである。

第一歌集『空間格子』は、山中的な「こゑ」と「ことば」の特殊な機能、関係性の準備段階として、その使用頻度も、質の面においても、『紡錘』以後の試行段階における実験的なプレテクストであることはまちがいない。

しかし、『空間格子』には、すくなくとも「ことば」の使用において、『紡錘』以後の「ことば」の特殊な機能、関係性の、わずかな萌芽を確認することはできる。

次に、第二歌集『紡錘』から第六歌集『短歌行』までの、「こゑ」と「ことば」を含むテクストを検討してみたい。しかし、その数はあまりにも膨大である。そこで、ここでは、論の展開上で必要と思われる情報のみを提示して、一首一首の解釈にはこだわらないこととする。

まず最初に、それぞれの歌集に「こゝろ」と「ことば」を含むテクストがどれだけあるのか、収録歌数と比較して提示してみる。(ただし、「こゝろ」と「ことば」を含むテクストは、認定の基準によって、多少の誤差が表われることが懸念される。)

『紡錘』――250首中、「こゝろ」15首/「ことば」15首。ただし、「こゝろ」と「ことば」の両方を含むテクストが1首あり。総数29首。

『みずかありなむ』――360余首中(長歌などを含む)、「こゝろ」31首/「ことば」20首。ただし、「こゝろ」と「ことば」の両方を含むテクストが1首あり。総数50首。

『虚空日月』――530首中、「こゝろ」29首/「ことば」34首。総数63首。

『青章』――580首中、「こゝろ」32首/「ことば」27首。総数59首。

『短歌行』――421首中、「こゝろ」6首/「ことば」13首。総数19首。

この数字から分かることは、「こゝろ」と「ことば」を含むテクストが、『短歌行』を除いて、ほぼ同数、かなりの頻度で使用されていることである。(収録歌数から考えると、『紡錘』もほかの3歌集と変わりがない。)『短歌行』の使用頻度の少なさは、ほかの歌集と比較して、留意しておく必要がある。

次に、「こゝろ」と「ことば」の「主体」、あるいは「媒体」が何か、歌集ごとにまとめて以下に提示する。ただし、この「主体」、あるいは「媒体」の認定には、解釈の困難が胚胎されている。

あくまでも論の展開上の参考として見ていただきたい。


『紡錘』

「こゑ」＝鳥、蟬、蜩、谷、泉、木、洪水、神、風鐸（擬人化）、夜、人。

「ことば」＝肉（身体性）、人、自然、唇、半神半人、名付け得ぬもの、無明、真昼。


『みずかありなむ』

「こゑ」＝鳥、夜、谷、夕凍、オリーブ、名付け得ぬもの、泉、[illegible]、人。

「ことば」＝自然、神、人と自然、天皇、名付け得ぬもの。


『虚空日月』

「こゑ」＝鳥、木、秋、冬、名付け得ぬもの、紫、人、星。

「ことば」＝鳥、自然（擬人化）、名付け得ぬもの、水、肉（ことばの肉）、人、神、死者。


『青章』

「こゑ」＝鳥、人、秋、星、雪、泉、名付け得ぬもの、蟬、雨、幻、剣、邯鄲、青空、河原鶸。

「ことば」＝人、名付け得ぬもの、風、言葉《ロゴス》（擬人化）、自分、言葉《ロゴス》（村上一郎……日本のロゴス・名付け得ぬもの・具体）。

『短歌行』
「こゑ」＝はる母《せみ》、父、名付け得ぬもの、言葉《ロゴス》(具体)、虚無、澄める声。
「ことば」＝言葉《ロゴス》(擬人化)、肉体、私、言葉《ロゴス》(具体)、虚國、君、言葉《ロゴス》(主体)。

「こゑ」と「ことば」の「主体」、あるいは「媒体」を歌集ごとに見ていくと、いくつかの共通した特徴が見いだされる。

一つは、「こゑ」の「主体」、あるいは「媒体」として「鳥」が重要な役割を担っていることである。「鳥」については、前に指摘したように、「石」と同様に、「神の霊性」を人間に媒介するものとして、「異界」と「現世」の境界を自在に交通するものである。また、折口によると、「とりになるといふ事は、魂が自在を得る形・何処へでも自由に行ける形」(「石に出で入るもの」)ということになる。

「鳥」というキーワードは、山中の初期テクストにおいてもっとも重要なものの一つである。この「鳥」については、樋口覚が「わが弾道のいざ鳥ことば」(「短歌」一九九一年十月号、『山中智恵子論集成』所収)の中で、「そして鳥もまた、人と同じく、空という自分の曠野を飛ばなければならない。鳥は言葉である。」という重要な指摘をしている。

次に、これらの歌集に共通した特徴が見いだされるのは、「主体」、あるいは「媒体」の認定の困難なものが多数含まれていることである。私はそれを「名付け得ぬもの」として一つに括ってみた。しかし、これこそ、山中的なテクストの特異性を象徴的に体現した歌である。
では、ここまでの段階を踏まえて、河野裕子の『紡錘』の考察を再検討したい。

4

河野裕子は、次のようなテクストを例示して、自己の論を展開した。

声しぼる蟬は背後に翳りつつ鎮石《しづし》のごとく手紙もちゆく
水甕の空ひびきあふ夏つばめものにつかざるこゑごゑやさし
昏れおちて蒼き石群水走り肉にて聴きしことばあかるむ
問ひがたし　心とよみて甲骨の刻文に夕日あらはなり
みづうみの底しづきゐる石鏃と言葉に出でてたちまち瞑む
箸墓の杉黒き森ここにてぞ昏のことば過ぎゆく
日ののちの秘色青磁を瞻りゐつこころほろぼすことばを生きて
こゑにことばの添ひゆくままに枝細り榎の梢くもる冬陽に
（以上『紡錘』）

この額ややすらはぬ額　いとしみのことばはありし髪くらかりき
その問ひを負へよ夕日は降《くだ》ちゆき幻日のごと青旗なびく

三輪山の背後より不可思議の月立てりはじめに月と呼びしひとはや
（以上『みずかありなむ』）

河野はこれらのテクストを例示しながら、『紡錘』には「こゑ」のテクストはあっても、「音」のテクストはない。「こゑ」は耳で聴いているというより、こころで、全身で、肯定的に聴いているテクストが多いと指摘する。

「ことば」を含むテクストに関しては、「ものに即《っ》いたことば、意味をもったことばへの、不信とおそれが顕著である。」として、「ことばを意味ではない何かでありたいと願い、そして、この世のことばで表現しえないあまりにも微妙なこころの感受したものを、ことばで表現するしかない自己矛盾。」を指摘した。

しかし、このような言葉への「不信」や「おそれ」は、次の歌集『みずかありなむ』では、「迷い揺らぐ錯雑さは、むしろ志たかく、冴えた、しかも用言を巧みに使うことによってなめらかな調子をもった歌へと変化」してゆき、最後の歌に見られるように、「ことば」への「不信」や「おそれ」はもはやなく、「逆にことばの始源にたち返り、ものが名をもち、その名にひとのこころが添う、ことばとこころの出会いのめでたさが確認されている。」と結論づける。

このような河野裕子の考察に対して、単純な訂正から始めたい。河野は、『紡錘』には「こゑ」の歌はあっても、「音」の歌はないと指摘するが、実際には「音」を含むテクストが4首収載されている。

羽音涌く蜜蜂は昼を清めつつ少女らのゆく石採祭　（「青蟬」）
川音にわれ存らしめし麦雨の夜こころ写りて揚る水あり　（「水沼」）
倍音管ゆふべとよみて晴れゆけば小暗《をぐら》き土ゆ抜き去らるべし　（「玄」）
かりがねの隔つかそけき岐谷《えだだに》に倍音朱く鳴る孤独《アルファード》の星　（「花しづめの歌」）

これらのテクストについては、ここで特に批評しようとは思わない。『紡錘』にも「音」の歌があることを指摘するだけにとどめておきたい。しかし、次の問題については、深く考えてみる必要がある。河野が「ことばとこころの出会いのめでたさが確認されている。」とした、

三輪山の背後より不可思議の月立てりはじめに月と呼びしひとはや　（「会明」）

というテクストについてである。このテクストは『みずかありなむ』の中でも、名歌の一つとしてよく引用される。山中の初期テクストの中では読みやすいもので、しかも気品と奥深さを秘めている。ここでは、このテクストに対する評価よりも、これが秘めている「意味」のほうに注目したい。
このテクストから連想されるのは加藤治郎の次のテクストである。

輝く水の塊を見た益荒男よ続いてう、みと発した唇
（『ハレアカラ』）

唐突なようだが、加藤のテクストが引用しているプレ・テクストを考慮すると、共通性のないテクストがにわかに通路を開く。この歌が引用している吉本隆明の著書『言語にとって美とはなにか』を、この2首の間に置いてみる。

吉本は同書で、言語の「発生の機構」について仮説を立てている。その仮説に、原始人が初めて海を見たときの衝撃を言語発生の一つの端緒として提示している。加藤のこのテクストは、それを踏まえながら、加藤独自の切り口でデフォルメしたものである。加藤は意識的に間テクスト性の戦略を巧みに使い、このすぐれたテクストを完成させた。加藤の第三歌集『ハレアカラ』には、これに限らず、間テクスト性の戦略を巧みに利用したテクストが散見される。

山中のテクストも、ことばの始源、言語の発生をモチーフにしながら、山中独自のテクストにデフォルメされている。私はそこに、加藤と山中のテクストのアナロジーを見る。

しかし、山中の先のテクストが、加藤と同様に吉本の仮説の影響下に生み出されたとは短絡的に結論づけられない。ただ、吉本の言語理論と、それが書かれた時期とを考慮したとき、十分にその可能性はあると思える。

山中のこのテクストは、一九六四年に創刊された雑誌「無名鬼」に、「会明」一連の中の一首として発表された。吉本の『言語にとって美とはなにか』は一九六一年に創刊された「試行」に書き継がれた。単行本は一九六五年に勁草書房より上梓されている。

ちなみに『紡錘』が上梓されたのが一九六三年、『みずかありなむ』が一九六八年である。この同時代性は注目に値する。山中のこの一首が吉本の仮説の影響下になかったとしても、『言語にとって美とはなにか』に展開される言語理論、「短歌的喩」を初めとする一連の短歌に関する吉本の分析が山中に与えた影響にはすくなからぬものがあったと想像される。

『紡錘』から『みずかありなむ』へ、「ことば」に対しての山中の認識に差異が表われたとするならば、そのような状況を押さえる必要があるのではないか。

以上を踏まえるなら、河野の言うように、この歌を、『紡錘』にはあった「ことば」に対する「不信」や「おそれ」が、『みずかありなむ』で「ことばとこころの出会いのめでたさが確認」されることによって解消された証拠として提示するのは無理である。

5

ここでは、『紡錘』から『短歌行』までの「こゑ」と「ことば」を含むすべてのテクストを検討した結果を、いくつかのテクストを例示して述べてみる。論じられるのは、「こゑ」と「ことば」の特殊な機能、関係性についてである。

やはらかにこゑ落ち鶫群れゆけばこころ傷らむ妣ぞ黄葉す
証すことなき言葉あり朝の虹立てば白き歯牙もち砂地をゆきぬ
（以上『紡錘』）

あはれことばに遇ひきと言はばくだつ夜の千筋の瀧ぞなほも夜なる
たましひを測るもの誰ぞ月明の夜空たわめて雁のゆくこゑ

（以上『みずかありなむ』）

われらことばの肉を恃まず一陣の夢に散り敷く沙羅の花はも
一こゑの玉吐けるみゆ浅茅原幻相一過邈《とほ》し夜の雨

（以上『虚空日月』）

くちびるのことばかさねて海境に鳥は世界を眠れるものか
こよひ鋭き雁の声すも寂寥の天の非想をわたりゆくべし

（以上『青章』）

邑よりもことばは深く陥ちつづけ葛城に鶸鳴き出づる
その声は水の上にありあかつきを言ひて足らざることの多きを

（以上『短歌行』）

山中智恵子のテクストの「こゑ」は、河野裕子の言うように「原初的」であり、「分明」ではないだろう。「ことば」以前に「こゑ」があることも確かではない。また、『紡錘』から『短歌行』までの5冊の歌集を比較すると、特別に『紡錘』が、「ものに即いたことば、意味をもったことばへの、不信とおそれが顕著である。」とは思えない。むしろ、「ことば」に対する山中の「畏怖」は、『紡錘』から『短歌行』まで一貫しているように、これらのテクストからも理解される。

もちろん、歌集それぞれによって、「ことば」への「畏怖」の差異は確認できる。それは、どのような場合も「不信」のようなものではけっしてない。「ことば」の持っている「魂」に対する「畏怖」である。この「畏怖」は、言葉の差異による「意味」の構築を超えて働く「ことば」そのものの力への「畏怖」である。

この「ことば」そのものへの「畏怖」は、「意味」以前の「ことば」の「原初的」な力として、「こゑ」の持つ性質とアナロジカルな関係性を構成する。山中のテクストにおいては、「こゑ」と「ことば」は対立概念ではなく、「意味」以前の「原初性」において世界を共有している。

さらに言えば、「こゑ」と「ことば」に対する山中の意識そのものが、山中にとって短歌の表現「手段」ではなく、短歌の「存在」そのものである。山中が感受する対象を媒介するものとして、「こゑ」と「ことば」があるのではなく、「こゑ」ないし「ことば」は山中が感受する対象そのものである。山中の「こゑ」と「ことば」は、たとえそれが「かすかな心の揺らぎ」や「情念」のようなものであっても、それを再現するための表現手段ではない。

山中の短歌は、「こゑ」と「ことば」以前に提示されうる対象（この対象は「存在」と「非在」を含んでいる）を意味化するのではなく、それ自体が「一回性」としての意味である。そのテクスト内部の「こゑ」と「ことば」以前に意味を探ろうとしても、それ以後に探ろうとしても、むだである。言うならば、それはテクスト内部の「事件」だ。

「こゑ」と「ことば」を含む山中の多くのテクストが既成の「意味」に還元されないのは、自明のことである。

河野裕子の言うような、「縹渺として伝えようのないこころを、ことばによって表現することの危惧と懐疑を、『紡錘』の時期」の山中は強く抱いてはいない。山中の「こゑ」と「ことば」以前に、「縹渺として伝えようのないこころ」などは存在せず、それは山中の「こゑ」と「ことば」によって初めて生成する。これは、一回性の「言葉《ロゴス》」の磁場に形成されるリアリティーに、そしてそこに招来し、甦生する外来魂である「言霊」の機能に通底する。

この5冊の歌集を見るかぎり、山中は「ことば」に対する「畏怖」を不変的に持ちつづけているが、このことが同時に、山中の「ことば」に対する認識の不変を意味するものではない。たとえば、先に触れた吉本隆明の『言語にとって美とはなにか』の影響が、『みずかありなむ』以後の歌集にどのような形で表われているのか、今後、詳細な検討が必要とされるだろう。また、村上一郎の影響も無視することができない。村上の「ことば」に対する認識が、はたして山中の短歌に影響を与えることがなかったのか。これについても、今後、検討がなされるべきだろう。

それにしても、山中が村上の「無名鬼」に参加する翌年に、『言語にとって美とはなにか』が上梓されているのは示唆的である。

山中の初期テクストは、「歴史性」と「現在性」の双方向に交通する「言葉《ロゴス》」の力を内包している。一回性の「言葉《ロゴス》」の磁場に形成されるリアリティーは、現代において「アウラ」の甦生を促し、複製不可能なテクストとして「反近代性」「反大衆性」を含み持つ。山中の短歌による

「アウラ」の甦生は、言葉の差異による「意味の消失点」から言葉そのものの力を甦生させる。この言葉そのものの力こそ、「言霊」と言われるものである。

山中智恵子のテクストによって、言葉の差異による意味を超えた言葉そのものの力に立ち合うこと。この一回性の「事件」に遭遇しつづけることこそが、現代短歌の危機を乗り超えていく可能性の一つとしてあるのではないだろうか。

もちろん、山中のテクストから〝学ぶ〟などという安易な行為を断念したうえに、である。

第6章 『みずかありなむ』の方法1

1

ポール・ヴァレリーの次の言葉は、山中智恵子の初期テクストの方法を考えるうえで、私に多くの示唆を与えてくれた。

『他者』との信号の『交換』が、『同一者』を完全なものにまとめ上げる欠くべからざる部分となり――そこで展開を遂げる。内的言語は、『同一者』の中にひとりの『他者』を創出する。（中略）われわれはわれわれわれの認識再認識の可能な『自我』を他人の口から受けとる。他人が源泉であり、それは心的生涯中きわめて実質的であり通し、あらゆる思惟において、対話体を要請する程である。語るものと同じ聞くもの、――かくてこの『語る‐聞く』の不可分割体系（これはごく早いうちから声を出さない、外化されざるものになる）が、『一なる双数性』、二人一組の『対偶性《ビニテ》』を生み出す。（中略）言語は、二者のあいだで、双方の相似――経験的に確認され、利用される――を使って、二者間にあると推定される差異のやりとりをする。この差異はあるいは瞬時のもの、（感覚乃至観念上のもの）であるかあるいはより深く且つより持続する性質のものであるかだ。それは《潜勢力において無限》である。——私が私と話すからには、内的差異が実在する、という点は注目に値する。——差異がなければ言語はない。（中略）まず初めに他者になり、そして自分に戻って答えるのだ。
（『ヴァレリー全集　カイエ篇2』所収「『他者』と言語」佐藤正彰・寺田透訳、一九八二年、筑摩書房刊）

この文章自体は、ヴァレリーのラディカルな「言語観」を語っているものであり、二人の他者の「内的対話」による「自我」の形成、そして「思考」の根元的な仕組みを問うものである。山中智恵子の初期テクストとは何の関わりもない。しかし、私はここに、山中の初期テクストに通路を開く何かがあるのではないかと思ってきた。

ヴァレリーの「言語観」は、山中の初期テクストの「言葉《ロゴス》」の発動から短歌表現に至る構造を理解するうえでヒントを与える。それは同時に、山中の初期テクストを読むことの「快さ」、社会化された「意味」から読む者を解放する「快さ」の仕組みにも、意味的な通路を開く。もちろん、この二つのことは、同じ一つのことを別様の側面から語っているにすぎない。

また、ヴァレリーの「言語観」は、ミハイル・バフチンの「言語観」と類似性を持っていることが言語学者によって指摘されているが、バフチンの「ポリフォニー論」を、そのような類似性から山中の初期テクスト分析に応用することは現段階では保留したい。

山中が初期テクストを書いている当時、ヴァレリーは同時代の日本の文学に絶大な影響力を誇っていた。当時のヴァレリーの影響力は、山中の第三歌集『みずかありなむ』が書き継がれているときに上梓された吉本隆明の『言語にとって美とはなにか』でも明らかだ。山中の初期テクストに浅からぬ因縁があると思われるこの言語、文学の原理論は、その「序」で、なぜこの本が書かれねばならなかったかをヴァレリーの文学論に触れながら語っている。それは、いかにヴァレリーの影響力が強かったかということを逆説的に示しているものである。

山中は同時代の文学者と同様に、ヴァレリーの影響を強く受けている。山中は歌人としての方向性が定まる前に自由詩を書いており、山中の創作の原点には短歌と同時併行的に自由詩があった。このことは、山中の初期テクストを決定づける重要な要素の一つである。山中の詩集『星暦』も、今後、検討を加えなければならない。

ヴァレリーの影響について、山中自身、一九七五年二月発行の『国語科通信』に寄せた「鳥髪まで」という文章で、次のように述べている。

この頃まで私は、短歌に併行して稚拙な詩を書いていた。詩を断念したのは、「若きパルク」や「蛇の粗描」、さらにはリルケの「ドゥイノ悲歌」の所為である。訳書しか読めぬ私なぞが、詩を断念するほどヴァレリーに揺蕩されたなどというのは、失笑を買う愚かしいことであり、身の程しらぬたわごとであるが、今にしてなお説明のつかぬ畏怖に襲われたのだった。このヴァレリーショックの痕跡は、のちに崇神紀を主題とした「会明」のなかに、かすかに残っている。

夕まぎる水際のみの明るさに殺《と》らしむ眼なほ洗ふかな　（「会明」）

山中智恵子が直接、ヴァレリーについて語っているのは、この一文だけである。山中へのヴァレリーの影響を論じたものもほとんどなく、私の知るかぎりでは、早崎ふき子の評論集『美の四重奏』（一九九三年、雁書館刊）に収められた「山中智恵子論」だけである。

そこで、早崎は、「鳥髪まで」を引用したあと、『空間格子』における言語実験的なアプローチの根源には、ヴァレリー的な言葉の思索から、言葉の自律性、創造性、さらにその神性への、怖れと信頼があり、この畏怖の思念が山中智恵子の以後の作歌精神ともなったにちがいないと分析している。山中の言う「倒立の抒情」とは、そのような作歌精神の謂であるという。それは内的感動の直接的な表出ではなく、言葉によって形象された世界から反映された創造的な抒情であると結論づける。

また、『みずかありなむ』について、

ここで山中智恵子は、伝承世界、つまり神話的世界が空無に放たれた「言葉」によってのみ形象されるという、ヴァレリー的認識から言葉の原初を問おうとする。つまりこの歌集における「鳥髪」や「会明」での、言葉の比喩的形象性の徹底した追求はその証左である。

と、ヴァレリーの影響を位置づけている。早崎がここまで大胆に、ヴァレリーの山中に対する影響を論じたことは大変に興味深い。「ヴァレリー的認識から言葉の原初を問おうとする。」という見解は注意を要するだろう。

しかし、同じ文章の中の次のような分析は明らかに誤りである。

したがってそこでは調和の風化を誘う言葉の抒情性の排除、さらにはよりラディカルに言葉そのものの聖性の追求が要請され、その精神は、たとえば言葉を最後の一音にまで分解してしまった、あのヨーロッパの現代詩のダダや、始源的な言葉の夢幻的数理構成を試みたシュールの運動と相似の方向性を持つであろう。山中智恵子が『空間格子』というイメージに「リアリズムを新しく構成しようとする」精神を付与したのもそのような領域から捉えられねばなるまい。

これでは、ヴァレリーの影響を相殺してしまいかねない。ヴァレリーの詩の方法論は、あくまでも「明晰さ」を求めるものであり、緻密で論理的な作詩法と「自動連鎖」による詩の創作である。ただし、この「自動連鎖」は、シュールレアリスムの無意識による「自動筆記法」とは違い、あくまでも言葉相互の必然的関係による展開法を指している。ヴァレリーの言葉に対する方向性が、シュールレアリスムの手法に類似している面があるとしても、本質的な詩法はまったく相違している。

ヴァレリーは『詩学序説』で次のように述べている。

われわれは「言語」そのものを文学的傑作中の傑作と考えることができないであろうか。なぜなら、文学の世界におけるあらゆる創造は、一度きめたらむやみに変えることのできない諸形式に従って与えられた一定の語彙の持つさまざまの力を組み合わせることに帰するからである。

(「世界の名著」66『アラン・ヴァレリー』所収『詩学序説』河盛好蔵訳、一九八〇年、中央公論社刊)

早崎のアプローチでは、山中智恵子に対するヴァレリーの影響は明確にならない。ヴァレリーのテクストと山中のテクストの関係性をもっと具体的に明証化しなければ、ヴァレリーの影響を前提とした枠組の中に、山中のテクストをつごうよく当てはめてしまうような倒錯が起こる。このような倒錯は当時のヴァレリーの絶大な影響力を考えれば、同時代の誰にも起こりえた。しかし、山中に対するヴァレリーの影響を論じた早崎の試みは貴重なものである。

2

言語は時代の社会的、文化的、歴史的なコンテクストと不可分である。どのようにもがこうとも、私たちは社会化された意味に取り込まれざるをえない。一方で、「存在と意識」のごまかしようのない乖離をどうすることもできず、このような解決不可能な、困難な問題を抱えながら表現することが宿命である。自己の内部と真摯に向かい合い、自由に言葉を選択しているようで、社会性による制約のもとでしか、創作も解釈もされていない現実が口を開ける。
　そのような現実に対して、「言葉」による亀裂をもたらすものが山中智恵子の初期のテクストである。それは、そのようなアポリアから解放された表現の可能性を現前化させる。社会化された意味からも、「存在と意識の乖離」からも解放された快さを感じさせる。山中のテクストが存在することは、短歌の残された重要な可能性であると思う。

行きて負ふかなしみぞここ鳥髪に雪降るさらば明日も降りなむ
六月の雪を思へばさくらばな錫色に昏《く》る村落《むら》も眼にみゆ
青空の井戸よわが汲む夕あかり行く方を思へただ思へとや
この額《ぬか》ややすらはぬ額　いとしみのことばはありし髪くらかりき
さくらばな陽に泡立つを目守りゐるこの冥き遊星に人と生まれて
（以上「鳥髪」）

いかにひとつの肢《えだ》は苦しむ夕檜山みひらき明き庭にまむけば
瞬転の声なつかしき鳥啼けば昧《くら》き肺腑をここに吐かしめ
渓谷の夜の声走りひたぶるに左眼をすすぐうれひのありき
水の手をさかのぼる千々に昏き枝、さはれ無名鬼とよびて年は経つ

つかのまの愛《かな》し和音や声あふれつもれるつみと葛城をいふ
（以上「離騒」）

山中の第三歌集『みずかありなむ』から、この歌集を代表する「鳥髪」と「離騒」の一連の冒頭5首をそれぞれ並べてみた。これら10首のテクストでは、言葉を調べの美しさが無限の彼方に解放しつつ、具体的な情景を結び終わることがない。それは、言葉で内容をたどりながら、絵画的に再現することが不可能なものである。

詩的に純化された内的風景として把握される言葉の世界は、抽象的な「手触り」のないものではなく、内的風景から言葉そのものの「手触り」が露出してくる。そこに浮かび上がる風景は、内部にとどまりつづけ、外部へと風景を現前化させることをしない。これらの山中のテクストは、言葉の「意味」を指示するものではなく、言葉そのものの「手触り」を提示する。外部に風景を現前化させるのは、「意味」の指示に言葉の本質的な機能を見出すものであり、絵画的に外部に再言語化されるものであろう。

思考の領域を超えた、内から突き上げてくる衝動としてのコンセプトを、どのように受け取ればいいのだろうか。

「鳥髪」には、リルケの『ドゥイノ悲歌』と六十年安保の挫折体験が背景にあると、山中自身が発言している。「鳥髪」は須佐之男が高天原から天つ罪を負いながら追放され、最初に降り立った地である。その須佐之男に「言葉《ロゴス》」という原罪を担った山中が重なることは、語られて久しい。このような「鳥髪」の背景を受けて、たとえば三枝浩樹は評論「たましいの鞘」で、次のように述べている。

現実的な挫折体験の政治思想的展開がひとつのコードだとしたら、もう一つのコードはリルケ的な、それもドゥイノ的な存在論の展開がもう一つのコードであり、それは須佐之男によってここでは開示されている。先のコードを水平軸のコードと呼ぶとしたら、これは垂直軸のコードと呼ぶことができよう。(中略)

行きて負ふかなしみぞここ鳥髪に雪降るさらば明日も降りなむ

千数百年の時間を隔てて二つの魂が交響する。須佐之男の負わなければならない闇に山中智恵子の闇が重なって、鳥髪に雪が降るのだ。原罪と追放の闇に降りつづく雪の美しさ。その中で、存在の空無を嚙みしめつつ、全き存在の状態を遠望している目がないだろうか。鳥髪はやはり山中智恵子のドゥイノなのである。
(「現代短歌雁」29号、一九九四年四月刊)

三枝の「鳥髪」解釈は、山中の発言を踏まえた好例である。三枝の解釈に特に疑問を差し挟むつもりはないが、私が問題にしたいのは、三枝の解釈を前景化させた「言葉《ロゴス》」の機能、あるいは構造の根元的な「背景」である。この一首の持つ豊饒さは、一つの解釈によって普遍化されるようなものではない。「読み」の能力に見合ったおびただしい解釈を導き出す優れた短歌である。

しかし、「言葉《ロゴス》」の機能、あるいは構造を生み出す根元的な「背景」のほうは普遍化を指向している。その「背景」は静態的なものではなく、動態的な性質を持っている。

私は、山中のテクストに、「一回性をもたらす始源の言葉《ロゴス》」を見いだした。一回性の「言葉《ロゴス》」の磁場に形成されるリアリティー、という言葉を使った。その「言葉《ロゴス》」の働きが山中のテクストに「言霊」を招来し、甦生させるリアリズムを構造化すると考えた。山中のテクストが社会化された「意味」を伝達しているのは、「言葉《ロゴス》」の持つ本質の余剰にすぎない。

そのように受け取ったうえでなければ、山中の初期テクストを本質的に「読む」ことにはならない。いや、この場合、「読む」という言葉は適当ではないだろう。「言霊」を招来し、甦生させる「言葉《ロゴス》」と感応することができなくなる、と言ったほうが正確である。

私は山中の初期テクストを通して「言霊」と感応する。しかし、実際には、「言霊」と感応している山中を通して、山中の「言霊」との感応を山中のテクストにより疑似体験しているのにすぎないのかもしれない。山中のテクストによる意識の慰めは、意味の構築以前の言語世界が「魂」に直接作用するところから生まれてくるものである。それは容易に社会化されない個別性を、山中の「言葉《ロゴス》」とともに生きることの快さである。

「自我」の形成と思考の根元に、内的言語による「他者」と「他者」の対話を想定するヴァレリーの「言語観」は、言語の始源的な発生には、対話をする内的な「他者」が複数存在することを示している。言葉は、意味作用よりも対話という行為のほうに重きが置かれる。

このこと自体は、特殊な状況として設定されているわけではない。誰にも当てはまる普遍的なものであるが、言葉が社会性の制約からまぬがれるものではないことが大前提になっている。山中の初期テクストは、そのようなヴァレリーの「言語観」に見られる言葉の様態が、一首のレベルにおいても、また連作相互においても機能しているのではないだろうか。

言語の始源的な発生のシステムは、短歌詩型の内部で機能し、さらに連作相互においても機能する。要するに、どのレベルにおいても、言語の始源的な発生のシステムが露出するのである。山中の初期テクストに、複数の「私」と「他者」が混在するのは、この点から説明することができる。表現のメタレベルでは、一首の内部で、複数の他者による「言葉《ロゴス》」の交感が行なわれ、内部の言語世界の内的閉鎖性が、それゆえに無限に外部へと開かれていくという詩的なパラドックスを体現する。

山中智恵子の初期テクストは、表現のメタレベルにおける複数の「他者」との対話によって、一首の内部に創造される言語世界であり、「音楽」を聴く場合のように外部へと開かれていく。それゆえ、その言語世界からは読者個々のさまざまな資質に即応した快さが与えられる。

山中の初期テクストは、外部へのコミュニケーションが初めから前提にされているものではない。そこで機能する「対話の重層性」は、「意味」を伝達することを本質的に目的とするのではなく、「言葉《ロゴス》」そのものが露出することを目的化する。

この「対話の重層性」は、山中の一回性の「言葉《ロゴス》」の磁場に形成されるリアリティーを生み出す背景の一つである。「対話の重層性」がもたらす「言葉《ロゴス》」の機能とどのように「交感」するのかが、山中の初期テクストの「読み」の本質を意味している。しかし、その対話は誰にも容易に再言語化できるものではない。初めから再言語化など不可能である。それが、今日まで「難解」の一語を持って遇されてきた理由であろう。

山中の初期テクストは、テクストの「内部世界」と「外部世界」の階層化を無効化している。「対話の重層性」が含み持つ機能の一つは、あらゆる階層化をなくすことでもある。それは、「時間」の階層化も、「空間」の階層化もなくす。「現在」も「過去」も、「現世」も「常世」も、「対話の重層性」の中では、同じ次元のものとして相互に交感している。

その交感に耳を傾ければいいのだ。「意味」に耳を澄ますのではなく、「言葉」そのものに耳を澄ますこと。そうすれば、あらゆる階層化が、短歌の調べの中で静かに解かれていく風景が、社会化された言語に取り巻かれた私たちを、しばしのあいだ、解放してくれるだろう。「私は言葉だつた。私が思ひの嬰児だつたことをどうして証すことができよう――」、「われはことば見捨てぬほどのうれひなれ。」、「鳥髪」と「離騒」のこの二つの詞書も、一首一首のテクストと相互に交感をする「対話の重層性」を含み持っている。『みずかありなむ』という歌集の総体は、「対話の重層性」のカオスを胚胎する内的な「言葉《ロゴス》」の宇宙なのである。その事情は、『紡錘』においても、基本的には変わらない。

以上が、ヴァレリーの「言語観」が私に啓示してくれたものであった。

第7章　『みずかありなむ』の方法2

前章では、ヴァレリーの「言語観」に触れて、山中智恵子の初期テクストにおける、一首レベル、連作レベルの、「対話の重層性」について考えてみた。この「対話の重層性」こそ、山中の初期テクストの根本問題に触れる一つである。それは山中が短歌創作の根元的な問題の一つとした、短歌における「私」性の問題にも関わるものである。

しかし、具体的な解析に基づいて、山中のテクストの内部での「対話の重層性」を確認することは困難を伴う。そのテクストによる以外どのような言葉も無効にされる詩的達成の前で、無益な解析を行なうことに、どれほどの意味があるだろうか。それは、テクストをテクストとして「読む」ことのアポリアを留保したまま進められるほかはない。

山中のテクストにおける「対話の重層性」の問題は、山中的な「主体」の形成が、始まりであり、終わりである。第三歌集『みずかありなむ』を俎上に乗せて、この問題について考察を進める場合、ある任意の連作がその連作内部で解決されるという保証はない。連作の構造的な特殊性が、連作と連作の相互の交感を二つの側面によって可能にする。それは、言葉の表層的な交感と深層的な交感がもたらす特殊性である。

山中短歌の持つキーワードと山中的な「主体」の役割は、テクストの深層に「対話の重層性」という特殊性を生み出す。また、連作内部では、モチーフの変容によってテクストの表層に「対話の重層性」が機能する。この二つの「対話の重層性」は複雑に絡み合いながら、言葉の表層的な交感と深層的な交感を表出している。そのような「言葉《ロゴス》」の機能は、さらに連作の内部から外部に向けて、交感による「対話の磁場」を広げていく。

1

第三歌集『みずかありなむ』を代表する「鳥髪」は、「素戔嗚尊の原罪（天つ罪と国つ罪）」「人の原罪、言葉《ロゴス》」「六十年安保の挫折体験」「個人的な相聞」『ドゥイノの悲歌』の影響などが融合されたものである。「鳥髪」というテクストでは、30首連作において、これらのマチエールがライトモチーフとモチーフとしての変容を有機的に繰り返している。

以下は、連作「鳥髪」の全30首である。

私は言葉だつた。
私が思ひの嬰児だつたことをどう
して証すことができよう――

1 行きて負ふかなしみぞここ鳥髪に雪降るさらば明日も降りなむ

2 六月の雪を思へばさくらばな錫色に昏《く》る村落《むら》も眼にみゆ

3 青空の井戸よわが汲む夕あかり行く方を思へただ思へとや

4 この額《ぬか》ややすらはぬ額　いとしみのことばはありし髪くらかりき

5 さくらばな陽に泡立つを目守りゐるこの冥き遊星に人と生まれて

6 咲くごとく泡立つ魂や水めぐる金太郎の斧・山姥の甕

7 面伏せてありふるときの風土記にて〈いななける馬ありてこの川に遇ひき〉

8 苦しみの呼びゆく方に鳥歩みわが首祭る青きなびきを

9 吹雪く夜ははや荘厳の花も散ると牛馬放ちいづこゆかむか

谷行といふことあり、病めるもの足弱きもの深谷に試むると。われもまた、

10 立ち直る、されば愛しといひしかばすぐたてるごとわれはありなむ

11 かきくらす雪のこころにみつめつつ汝がためならぬわれの祝ひに

12 このふかき雪の上にわれを措きて去ぬ、群鳥はつひのまぼろしなれや

13 甕の丘直立の丘すぎにつつ穂麦の髪の白むさびしき

14 鉄骨の林の空にゆきめぐるわが弾道の　いざ鳥ことば

15 揚雲雀車輪を繋ぐ音になけばいづこにわれを否む野のある

16 その問ひを負へよ夕日は降ちゆき幻日のごと青旗なびく

17 夕雲雀薄暮を遠く撃つもののこゑ落つかたにわれはとどまる

18 合歓の花こずゑにさそふ涙眼にまひるはふかくすべりゆくかな
19 うらうらと歩みひさしき川上に石はしづくを切るところあり
20 誰か告ぐるやさしき声に星もまた眼のかたちに死すと
21 〈われら血の時計〉クレエ記す　さかさまに鳥は描きしよ
22 夕こだま　明日のこだまの陽のこだま耳しひてわれはみるばかりなる
23 互みに骨かぞふばかりに呼びて越ゆ　真青まほろば　夏消えぬ雪
24 罪あらむ薄暮をひたすこゑ降りて蜩よすずしさにまぎれざれ
25 血を水に変へしむかしも渦瀧の渦に陽の澄む歓喜なりしか
26 岩の窓瞠くいくつまぼろしの栖といへば異境といへば
27 ほたる火とみゆるまで星の揺るるまで明暗の硝子立ちぬれてあれ
28 緑陶に紅陶ならべ置くときのかなしみのごとき緑陶をつくる
29 鳥の住む堕ちたる鳥の山口にまどかにてひとに明日はあれな
30 忘れてはたちまち孵る血の繭を支へて歩みわが語ること

「鳥髪」には、クロノス的な時間の流れに基づく「物語性」は稀薄である。一首一首の強固な独立性は、連作内部の「時間」「場所」「主体」「モチーフ」の有機的な融合を損なわせるかのように錯綜しており、その錯綜が醸し出すカオスが独特な詩的魅惑を生んでいる。

私はここで、言葉が言葉を呼び起こすという観点から、「鳥髪」の言葉の連続性を恣意的に構成してみる。この試みは、「鳥髪」が次に示すような連続的な構成になっていることを証明するものではない。逆に、言葉から言葉への連続性を示すことにより、その不可能性を提示しようとするものである。
ここで試みられるのは、山中の連作の特殊性を逆説的に浮かび上がらせようとすることである。それに伴う強引な解釈は意識的に行なわれる。

【A】
以下では、第1首目から30首目にわたって、言葉の連続的な関係性を恣意的に構成した。「⇓」記号は、直接的な関係を表わす。

1「雪」⇓2「(六月の)雪」「さくらばな」
2「(錫色に)昏る」⇓3「夕あかり」
3「夕あかり」⇓4「髪(くらかりき)」
4「くらかりき」⇓5「この冥き(遊星)」
5「さくらばな陽に泡立つ」⇓6「咲くごとく泡立つ魂」
6「水めぐる」⇓7「この川に遇ひき」
7「面伏せてありふる」⇓8「苦しみの呼びゆく方」
8「青きなびき」⇓9「吹雪く夜」

9「いづこゆかむか」⇓10「立ち直る」「すぐたてる」
10「立ち直る」「すぐたてる」⇓11「われの祝ひに」
11「(かきくらす)雪」⇓12「(このふかき)雪」
12「(このふかき)雪」⇓13「(穂麦の髪の)白む」
13「丘すぎにつつ」⇓14「空にゆきめぐる」
14「鳥ことば」⇓15「揚雲雀車輪を繋ぐ音になけば」
15「車輪を繋ぐ音……われを否む野」⇓16「その問ひを負へよ」
16「夕日は降ちゆき」⇓17「夕雲雀薄暮を」
17「こゑ落つかたに……とどまる」⇓18「涙眼に……ふかくすべりゆく」
18「ふかくすべりゆく」⇓19「歩みひさしき」
19「石はしづくを切る」⇓20「眼のかたちに死す」
20「誰か告ぐる……眼のかたちに死すと」⇓21「〈われら血の時計〉クレエ記す」
21「(さかさまに)鳥は描きしよ」⇓22「みるばかりなる」
22「こだま……みるばかりなる」⇓23「呼びて越ゆ」
23「呼びて越ゆ」⇓24「(薄暮をひたす)こゑ降りて」
24「薄暮をひたすこゑ……すずしさにまぎれざれ」⇓25「渦に陽の澄む歓喜」
25「渦に陽の澄む歓喜」⇓26「岩の窓瞠くいくつ」
26「岩の窓瞠くいくつ」⇓27「明暗の硝子立ちぬれてあれ」

27「明暗の硝子立ちぬれてあれ」⇓28「緑陶をつくる」
28「かなしみのごとき緑陶をつくる」⇓29「まどかにてひとに明日はあれな」
29「明日はあれな」⇓30「わが語ること」

【B】
以下では、言葉と言葉の関係性を、第1首目から30首目にわたっての連続性ではなく、言葉相互の交感を念頭に置いて恣意的に構成した。ここでの言葉の関係性は、それぞれの語彙の内部で自由に交感していると想定する。「⇕」記号は、直接的な関係を必ずしも表わさない。

［鳥］　1「鳥髪」⇕12「群鳥」⇕14「鳥（ことば）」⇕15「揚雲雀」⇕17「夕雲雀」⇕21「鳥」⇕29「鳥」
［雪］　1「雪」⇕2「六月の雪」⇕9「吹雪く夜」⇕11「かきくらす雪」⇕12「ふかき雪」⇕13「穂麦の髪の白む」⇕23「夏消えぬ雪」
［桜］　2「さくらばな」⇕5「さくらばな」⇕6「咲くごとく泡立つ魂」⇕9「荘厳の花」
［声］　8「呼びゆく」⇕14「（鳥）ことば」⇕15「音になけば」⇕17「こゑ落つかた」⇕20「やさしき声」⇕24「こゑ降りて」
［夕］　2「錫色に昏る」⇕3「夕あかり」⇕16「夕日」⇕24「薄暮をひたす」
［郷］　1「鳥髪」⇕23「真青まほろば」⇕26「まほろしの栖」
［髪］　1「鳥髪に雪降る」⇕4「髪くらかりき」

［幻］　12「群鳥はつひのまぼろしなれや」⇕16「幻日のごと青旗なびく」
［眼］　18「こずゑにさそふ涙眼」⇕20「眼のかたちに死すと」
［星］　20「星もまた眼のかたちに」⇕27「星の揺るるまで」

【A】と【B】に示した言葉の関係は、本来融合した形で提示されなければならないが、ここでは混乱を避けて、別々に示した。

【A】の試みから分かるのは、言葉が言葉を呼び起こす観点からのみ「鳥髪」を読んだ場合、リニアーな言葉の関係性を想定することは不可能ではない、という示唆である。

「鳥髪」が内包する言葉の連続性を想定する仮説は、連作における表層的な言葉の融和性を指し示す。言葉の連続性の核になる言葉が、【B】に提示したキーワードである。特に、［鳥］［雪］［桜］［声］［髪］というキーワードは、「鳥髪」という連作の性質を決定する象徴性を帯びた「言葉《ロゴス》」である。

　このような試みは、「鳥髪」の構造を単純な語の関係性によって把握するためではない。また、山中の言葉の嗜好を物語ろうとしているものでもない。「鳥髪」は、「時間」「場所」「主体」「モチーフ」が複雑に変容する連作であり、一定の法則性に基づいた制度的な構造化は図れない。

【A】の試みは、一方で意味の連想的な繋がりを放棄しながら、言葉の融和性を探ったものである。ただ、そこには言葉相互の最低限度の働きを見いだすことはできる。その働きを「鳥髪」の最底辺の働きと仮定した場合、【B】に提示されたキーワードを中心に、その最底辺の働きから言葉の変容運動が生まれる契機がもたらされる。それは、「鳥髪」内部の言葉の運動、「対話の重層性」の一つの条件である。

2

「対話の重層性」を決定する中心に位置するのは、山中的な「主体」の働きと「モチーフ」の複雑な変容による「言葉《ロゴス》」の作用である。一首レベルでの「対話の重層性」には山中的な「主体」の働きが中心を成し、連作レベルでは「モチーフ」の複雑な変容がその中心を成す。それは別々の力ではない。

この問題を「鳥髪」の冒頭のテクストを例に挙げて考えてみる。

私は言葉だつた。
私が思ひの嬰児だつたことをどうして証すことができよう――

行きて負ふかなしみぞここ鳥髪に雪降るさらば明日も降りなむ

この場合、作中「主体」の中心を「行きて負ふ」動作主としての「私」と考えるのは自然である。しかし、この連作の「モチーフ」を念頭に置いて、ここに歌われている「かなしみ」の背景を考える場合、作中「主体」は単純に解決されない。

「鳥髪」という地名から素戔嗚の「かなしみ」を導き出すことはもちろんのこと、人間存在の無常を天使との隔絶から嘆く『ドゥイノの悲歌』の中心モチーフが、この背景を彩る。

また、「六十年安保の挫折体験」「個人的な相聞」を一首の背景に重ねて置けば、この「かなしみ」は、さらに重層的なイメージを掻き立てる。「私は言葉だつた。」と山中が詞書で書くとき、言葉という「原罪」を負いながら、その言葉によって表現することの「かなしみ」が立ち上がってくる。この歌の「かなしみ」は、「鳥髪」全体の「原点」であり、連作はこの「かなしみ」に集約されている。

この場合も、作中「主体」の中心を、「行きて負ふ」動作主としての「私」に置くことは動かない。ただ、この「主体」は、「かなしみ」の重層的なイメージを背景にした自己統一的な一人の「主体」としては認識されえない。この「主体」は、「他者」との交感、「対話の重層性」の接点としての姿を現わすからである。

「他者」を含み持つ「主体」は、コード化された垂直的な詩的形成に、水平的な詩的構造の通路を穿つ契機となる。この「主体」を中心にした言葉のヒエラルキーの緩やかな解体は、モチーフが詩的同一性を保つこととイメージの重層性が矛盾なく共存することを助ける。この「主体」は、山中の「言葉《ロゴス》」の側から選び取られたもので、超越的なものでも、メタフィジックなものでもない。

連作の中で、この「主体」の問題を考えてみると、それぞれのテクストで「主体」が微妙に位相を変化させていることがわかる。ライトモチーフとモチーフの変容に伴う「異化作用」の効果によるものである。1首目の「かなしみ」を原点としたこの変容は、ある一定の方向性の停止、断絶、あるいは再生を含有しており、「主体」の自己同一性からの解放をもたらしている。このモチーフの変容が多元的な時間構成と「主体」の多様性（他者性）を生み出すことによって、連作内部に「対話の重層性」が現出する。

「対話の重層性」の機能は連作内部にとどまらない。歌集の全体を一個の有機的、総体的な小宇宙と見た場合、連作を越境して、「対話の重層性」を「鳥髪」の外部へと媒介する「言葉《ロゴス》」の働きが確認される。

その「言葉《ロゴス》」の中心は「鳥」である。この「鳥」は、「魂を運ぶもの」であり、「山中の分身」でもある。言葉の概念の中に封じ込められた「生命」を解放する「言葉《ロゴス》」自身でもあるだろう。この「生命」の解放は、「言葉《ロゴス》」自身の中にしか実現する力は備わっていない。

『ドゥイノの悲歌』の「第二の悲歌」には、「『魂の鳥たち』よ」という、天使を鳥に喩えた表現がある。これは天使が翼を持つところから、「鳥たちよ」という呼びかけが生まれたものであるが、「リルケの天使は、物理的空間を飛ぶのではなく、『魂』の世界にかかわり、そこに住むものである。」（『ドゥイノの悲歌』手塚富雄訳・註解、岩波文庫）と、手塚の註解には記されている。

山中智恵子のテクストに飛翔する「鳥」は、「言葉《ロゴス》」と「言葉《ロゴス》」の交感を可能にする。「鳥」は、「連作相互の交通」を構築している「言葉《ロゴス》」である。「連作相互の交通」は、「対話の重層性」の機能によってもたらされる。

しかし、それは意味的に構築されていない。ゆえに、具体的に説明するには困難を伴う。「鳥」は、「具体」と「抽象」と「擬人化」と「隠喩」という、「山中の分身」のカオスであり、「鳥」のメタモルフォーゼは各テクストによって異彩を放っている。

ただ、『みずかありなむ』を読み継いでいくときに感じられる独特な「通奏低音」は、各章段を緩やかに越境しており、その越境の作用には、「鳥」の陰翳が見え隠れしていることは確かである。この「通奏低音」は各章段のモチーフの底で鳴り止むことがない。

これは、「鳥」という「言葉《ロゴス》」についてだけに見られるものではなく、【B】に提示したキーワードの中では、「雪」「声」「夕」「髪」などが、この「通奏低音」に働きかける「言葉《ロゴス》」として注視される。

『みずかありなむ』の中で、どれくらい「鳥」の歌が詠われているのか、参考のために各章段ごとに概数を示してみる。概数とは、「鳥」が直接に詠われているのではないが、その歌の背景に「鳥」の存在が暗示されるものを加えると、その数を増すからである。

1　「鳥髪」30首中7首
2　「離騒」37首中10首
3　「会明」65首中10首
4　「馬盥」28首中5首

5　「鳥住」41首中10首
6　「海の庭」31首中14首
7　「夏鎮魂」15首中3首
9　「鳥風」37首中19首
10　「夜、わが歌を思ひ出づ」40首中10首
11　「頌」12首中4首
12　「暁の書」30首中17首
合計366首中109首

『みずかありなむ』366首中、明らかに「鳥」が素材とされているテクストは109首である。「鳥」が詠われていない章段は存在せず、かならず複数の「鳥」が詠まれ、キーワードとして重要な役割を担う。これは山中の言葉の嗜好を物語っているのではない。言葉から選び取られた結果としてである。これだけのおびただしい「鳥」が『みずかありなむ』の「言葉《ロゴス》」の宇宙を飛翔しているのである。

章段というパラダイムが「鳥」たちによって超えられるとき、言葉の「生」に内在する言葉の「死」が、さらなる言葉の「再生」をもたらす契機ともなる。その契機は山中と「鳥」たちとの「対話」によってもたらされる。「鳥」たちの「声」は、山中の魂に届き、「鳥」と一体となった山中が「言葉《ロゴス》」の宇宙を飛翔しているのである。

3

「鳥」と「声」という「言葉《ロゴス》」が同時に詠われたテクストを、次に引用してみる。「鳥」と山中の関係（構造）を見ていくうえで、この二つの「言葉《ロゴス》」が融合されているテクストは、多くの示唆に富む。

1　夕雲雀薄暮を遠く撃つもののこゑ落つかたにわれはとどまる　（「鳥髪」）

2　瞬転の声なつかしき鳥啼けば昧き肺腑をここに吐かしめ
3　渓谷のここに泊つるとわが生ける夜闇に明きほととぎすのこゑ
4　覚めて胸撃つ山鳩の声むらさきに暁の星水より昇り
5　発ちゆきし彼方の声に青空は念へかも鳥　雪のまほろば
6　つかのまの愛し和音や声あふれつもれるつみと葛城をいふ　（以上「離騒」）

7　たましひを測るもの誰ぞ月明の夜空たわめて雁のゆくこゑ
8　澄みふかき夕空に硝子めぐらせば声断ちて青き嘴もみえくる
9　朝の鳥声さまよへばやみがたき言葉よ雪は谷になだれす　（以上「鳥住」）

10 幾夜わが風になびけし落日の思想を銜へ来るもののこゑ
11 沈めるは陽やあらぬ今日のわれの血とたわめる声の鳥へ出でゆく
（以上「海の庭」）

12 一陣の風の奥処にわがゐると鳥ことごとく殺らしむるこゑ
13 まがなしき声をおもへばゆられくる夏鎮魂の虚空の巣あり
（以上「夏鎮魂」）

14 たまゆらを鳥影に入る石群の水の極みの声に出でゆく
15 鳥のゆく辰砂の空によぶ声のあかときを鋭く水分れたり
16 わたりゆきみなぎりあへぬ声によぶ樹は空のもなかにしのべ
（以上「鳥風」）

17 村いくつ茜に閉ぢむ夕雲雀ふりかぶる声のいかに問へとか
18 翡翠のみどり染めゆく夕映をこゑ翔びたちて空出づるなき（以上「夜、わが歌を思ひ出づ」）

19 あやなせば孤の声ひびく石川にはつはつ掬び過ぎし鳥はも
20 めざむれば真昼の桧原ひるがへり空に截り入る一羽の声す
（以上「頌」）

21 山の鞍部《たわ》今か越ゆらむ夕凍みの純青《ひたさを》の声沈めゆきしが

22　わがにがき踊躍《ゆやく》の夢の風切りの幾世経りてかつばさある声

（以上「暁の書」）

「鳥」が歌われている109首のテクストのうち、「鳥」と「声」が同時に歌われているテクストは、全部で22首である。『みずかありなむ』という歌集では、「鳥」と「声」という「言葉《ロゴス》」の組み合わせが親和性を持っている。さらに興味深いのは、各テクストにおける「鳥」と「声」と「作中主体」の位相である。

1首目の場合には、「「夕雲雀」の「こゑ」」⇕「われ」というように、「「夕雲雀」の「こゑ」」に作中主体の「われ」が感応していると捉えられる。

このように、22首すべてについて、「鳥」と「声」と「作中主体」の位相の概要を見ていくと、「鳥の声」⇕「作中主体」という基本的なスタイルが理解される。しかし、「鳥の声」に感応する「作中主体」は、ただ一人の「私」にだけ還元される存在ではない。それはモチーフの変容や「対話の重層性」の作用による。その理由の一つに、山中の創作スタイルも挙げられる。

山中智恵子は、「抽象という直接法」という三枝昻之との討論の中で、

むしろこれは物に寄せて思いを述べるのではなくて、直接思いを述べていると思います。結局、抽象というのは直接法ですかね。

（『討論・現代短歌の修辞学』三枝昻之インタビュー集所収、一九九六年、ながらみ書房刊）

と、「鳥髪」について発言している。山中のこの言葉には、山中的な「主体」の形成の秘密の一端が隠されているだろう。

先に示した基本的なスタイルとは異質なテクストを、何首か確認することもできる。5首目と9首目は、「声」の主体を「鳥」と認定するには躊躇せざるをえない。

12首目では、「こゑ」の主体は「わが」であり、この主体は「鳥」を「ことごとく殺らしむる」不気味な存在である。

14首目は、「「水」の「声」」に感応して「出でゆく」動作主である「作中主体」が描かれている。

15首目と16首目は、解釈によって微妙な問題を含むが、連作の中に置いて考えてみると、「「水」の「声」」と考えるのが妥当である。

16首目のテクストの場合は、他のテクストと比較しても、「鳥」はずっと後景に退いている。ただ、この「声」が「鳥」のものであるという可能性がないわけではない。

21首目と22首目では、「鳥」と「作中主体」が一体となって歌われている。特に21首目は、「鳥」と「作中主体」は完全に融合しており、「声」の主体として「鳥」と「作中主体」のどちらを主にすべきか迷う。

その際、「声」の主体を「擬人化された鳥」として把握するのが普通の解釈だろうが、私は「鳥」と「作中主体」との「対話の重層性」を見たい。このテクストに見られるような山中的な「主体」の形成こそが、「対話の重層性」を喚起する「言葉《ロゴス》」の力であると思う。

それにしても、この「純青の声《ひたさを》」という、かなしみに透きとおった言葉の美しさはどうだろうか。短歌という詩型の中で抽象性が直接作用するとき、言葉は新たな生命を与えられるようである。

4

定型という制約は、「対話の重層性」という「言葉《ロゴス》」相互の波動によって、言葉の自由を獲得する。山中智恵子は「抽象の直接的な表現」という創作行為から、そのような「言葉《ロゴス》」の働きを手に入れたのだろうか。言葉自体が対象そのものであるという一元的な世界が顕在化すること。シニフィエなきシニフィアンの露出の幻想。言葉と山中とのコラボレーションによって、一回性の「言葉《ロゴス》」の世界の始発が告げられる。短歌という定型の中で、「多くの声」に囲まれて解放されていく山中の「言葉《ロゴス》」の行方に、私は感応する。「鳥」の「声」は、山中に何を告げているのか。それは、山中の「行きて負ふかなしみ」である。根元的な人間としての「かなしみ」であると思う。

次に示すのは、そのような「声たち」を含む、『みずかありなむ』のテクストである。

渓谷の夜の声走りひたぶるに左眼をすすぐうれひのありき
腑を分ち霧隠れなる夜の声にほとばしるとき蜻蛉の地方

（以上「離騒」）

直立の穂麦を焼きて涸るる声いかなる夏に遅るる声か　（「会明」）

すべて雪ふるものの辺に河ながれせむオリーブのあかるき声　とわがあはすまで　（「鳥住」）

帰らやと紅葉を湧く乱声の誰にたゆたふわれならなくに
うつせみの夜やも二《ふた》ゆく身に責めて雪こふるときのとほきひとごゑ　（以上「海の庭」）

いつくしき鹿駆りたれ朝の虹石採る声のこだますはてに　（「夜、わが歌を思ひ出づ」）

青あらし谷をあらはによぶ声の不断に咲けといかなればいふ
夜の声しづめる夜の蟬ひとつ両地に傷む月の照れれば　（以上「頌」）

山中的な「主体」と「声」との「対話」は、「魂の対話」である。「対話の重層性」とは、言葉の「魂」が交わし合う囁きのことであろうか。

「追記」――ここで、つまらない誤解が生じる恐れがあるので、確認しておきたいことがある。

それは、私が使っている「対話の重層性」という言葉であるが、この「対話の重層性」は、ジュリア・クリステヴァの意味生成理論「ル・サンボリック／ル・セミオティック」で交わされる「間テクスト的対話」とは関係がない。クリステヴァの用語では、フェノ＝テクストの次元（意味作用と伝達機能というテクストの表層の次元）で問題化されているものであり、ジェノ＝テクストの次元（意味作用の生産局面という深さ、ないし厚みを表層にもたらす次元）に対する問題意識は稀薄である。言うならば、ラングにおけるシニフィエの次元で取り上げられている。ただ、ジェノ＝テクストがフェノ＝テクストに与える影響を無視しえない以上、完全にフェノ＝テクストの次元にとどまることは、不可能である。初めに書いたように、この論はあくまでもヴァレリーの言語観から触発されたものである。山中の初期テクストの言語内部の表現構造をジュリア・クリステヴァの意味生成理論に基づきながら分析することは、この先の課題になると思われる。なお、ここでの「対話の重層性」は、ミハイル・バフチンの「ポリフォニー論」とも直接的な関わりがないことは確認するまでもない。

第8章　「私性」についての断章　「内臓とインク壺」を中心に

柄谷行人の『ダイアローグII』（一九八七年、第三文明社刊）には、寺山修司との興味深い対談が収録されている。寺山は短歌と俳句を比較して、短歌の構造的な負の側面を次のように語っている。

寺山　（前略）短歌は、七七っていうあの反復のなかで完全に円環的に閉じられるようなところがある。同じことを二回くり返すときに、必ず二度目は複製化されている。マルクスの『ブリュメール十八日』でいうと、一度目は悲劇だったものが二度目にはもう笑いに変わる。だから、短歌ってどうやっても自己複製化して、対象を肯定するから、カオスにならない。風穴の吹き抜け場所がなくなってしまう。ところが俳句の場合、五七五の短詩型の自衛手段として、どこかでいっぺん切れる切れ字を設ける。そこがちょうどのぞき穴になって、後ろ側に系統樹があるかもしれないと思わせるものがあるんじゃないかな。俳句は刺激的な文芸様式だと思うけど、短歌ってのは回帰的な自己肯定性が鼻についてくる。

柄谷　短歌というのは、どうやっても内面的になるでしょう。内面的でなさそうにやっても、なるでしょう。
寺山　内面自体に対する疑いを抱かず、それがあるものだという楽天的な前提に立って、表層部分だけをなぞるようなところがある。

この対談が行なわれたのは一九八〇年、寺山が亡くなる三年前である。寺山の指摘を短歌の表現としての負の側面と仮定した場合、このような指摘からまぬがれている短歌があるならば、どのような方法と実作によって実現しえているのか。しかし、私はそのような方法と短歌テクストをことさらに特権化しようとは思わない。何に基づき、どのような方法で創られた短歌がすぐれているのかということは、相対的な価値観の問題にすぎない。それは方法の問題ではなく、個々のテクストの本質に帰せられるものである。

寺山の短歌批判を受け止めることは、短歌の「私性」について考えることでもある。その際、短歌の「私性」についての問題は、もっとも厄介なものになるだろう。

この対談の後半で話題にされている「内面」の問題は、柄谷の「内面」に対する考察を踏まえたうえでの発言である。柄谷は「内面」を、制度によって作られたものとして、この対談以前に、次のような分析を行なっている。

前章で、私は表現さるべき「内面」あるいは自己がアプリオリにあるのではなく、それは一つの物質的な形式によって可能になったのだと述べ、そしてそれを「言文一致」という制度の確立においてみようとした。同じことが告白についていえる。告白という形式あるいは告白という制度が、告白さるべき内面、あるいは「真の自己」なるものを産出するのだ。問題は何をいかにして告白するかではなく、この告白という制度そのものにある。隠すべきことがあって告白するのではない。告白するという義務が、隠すべきことを、あるいは「内面」を作り出すのである。

（『日本近代文学の起源』所収「告白という制度」、一九八〇年、講談社刊）

「言文一致」の制度も、「告白」という制度も、いったん確立すると、制度であることを意識しなくなるという柄谷の指摘は、そのような制度の性格が「言語」や「貨幣」に通底しているだけに示唆的なものである。

この問題は、寺山が言うように、歌人の、あるいは短歌の固有の問題ではありえない。広く、言語表現全体に関わる普遍的な問題である。

1

寺山の前半の発言を読んで思い及んだのは、山中智恵子の評論「内臓とインク壺」（「短歌」一九六二年六月号、角川書店）であった。これは短歌表現における「私性」の問題を分析したものだ。短歌にとっての「私性」の問題は、避けては通れない鬼門であり、短歌の成立与件として最重要視される。それへの問題意識は前衛短歌時代にピークを迎え、その後、さまざまな試行がなされたり、論考が書かれて、現在に到っている。山中がこの評論を書いたのは前衛短歌の隆盛の時代である。短歌の「私性」に対する画期的な問題提起をした岡井隆の『現代短歌入門』(初版、一九六九年、大和書房刊)は、一九六一年から一九六三年に「短歌」に連載されている。

山中智恵子がここで問うているのは、短歌にとって必然的な「私性」の問題が「真のリアリティー」を実現するために、どのように深化されていくべきなのかということである。

山中は寺山を初めとするシンパシーを感じる歌人のテクストの「私性」に関する特徴を論じながら、その避け難さゆえの「私性」の本質を受け止め、「真のリアリティー」「新しいリアリズム」を目指す自己の創作に対する実作のマニフェストを提示している。

この文章が書かれた翌年に第二歌集『紡錘』が上梓され、第三歌集『みずかありなむ』と並んで、山中短歌の頂点を極めていることは定評となっている。この2歌集における「私性」の様相は、「内臓とインク壺」で山中が「新しいリアリズム」を獲得するために「私性」を論じた延長線上にある。

山中は「内臓とインク壺」の中で、寺山短歌の「私性」について、次のように言う。

私たちが短歌を書くのは、わが心の奥底まで歌いきってしまいたいという希いにほかならない。歌は他人について歌うものではない。寺山も他人について書いたのではない。他人のなかに、私の内臓をひそませて、その声を借りながら、私の歌を歌ったのだ。そうなりたい自己を操るのは、他人を自我の歯で嚙みくだくよりほかない。

「他人のなかに、私の内臓をひそませて」ということについては、永田和宏が「偏在する〈私〉――前衛との出会いから宇宙感覚」（『短歌』一九九一年十月号、『山中智恵子論集成』所収）という評論で、山中の「私性」に対する重要な姿勢として言及している。

永田はこの中で、「私性」のパラダイムに転換をもたらした前衛短歌の問題意識に対する山中の解答の一つとして、「〈偏在する私〉というような地点への感性の澄ませ方があったのではないか」という指摘をしている。第二歌集『紡錘』から第三歌集『みずかありなむ』の時期に、きわめて鮮明に現われる傾向として、「肉体の無限定感」や「自己というものと外界との境界の曖昧さに発想の基盤をおいた表現」により、「〈私〉は自然のなかに融解し、もはや自然そのものとなんらの弁別性をもたないかのように存在」しており、「自然に偏在することによって、私を探り表現しよう」としてきた、と山中の作歌姿勢を分析する。

このような永田の指摘は、山中のテクストの解釈として重要なものではあるだろう。しかし、私は山中の寺山に対する「私性」の考察は、寺山のテクストに対する批評にとどまるものであると考える。山中自身の「私性観」がこの言葉によって示されているとしても、山中の初期テクストの多くは、そのような「私性観」からはかけ離れたものである。

この言葉に示される「私性観」を応用して見えてくるものは、寺山が短歌の負の側面として語る「回帰的な自己肯定性」の呪縛である。寺山が短歌の構造的な負の側面を指摘したとき、それは自らの短歌テクストから敷衍されたものであるだろう。寺山が自身の短歌テクストに、「円環構造」と「回帰的な自己肯定性」を見いださざるをえなかったのは、寺山の、短歌に対する批評精神である。寺山にとって、それは短歌の構造上の負の側面であった。

山中の寺山の短歌に対する批評は、山中の意図とは別に、そのことを裏づける役割を果たしているのではないだろうか。

2

ここで、アプリオリな「私」としての「自己」について、すこし考えてみる。回帰すべき「私」としての「自己」など、本当に存在するのだろうか。

デカルトの「我」にしても、在るのは「我」を思うという意識のみであって、「我」自体の存在を証明するのは容易ではない。存在しているのは、「私」を語る言葉と方法のみではないのか、つねに「事後的」に。その意味では、アプリオリな「私」を喪失するということもありえない。

しかし、「私」は現に存在している。今ここにいる「私」。けれど、その「私」は、表現された途端に、「私」という制度の中に取り込まれるものでしかないのではないか。しかも、その「私」という「制度」は、「制度」としてどこまでも隠蔽されながら。

柄谷の先の引用文を援用しながら、アプリオリな「私」としての「自己」の存在を、このように懐疑的に語ることは可能である。

このことを踏まえたうえで、寺山の「回帰的な自己肯定性」という言葉をあらためて考えてみると、山中のテクストにおける「私性」の問題がさらに鮮明になる。「他人のなかに、私の内臓をひそませ」て短歌を作るということは、アプリオリな「私」としての「自己」があることが前提にされている。

では、ここで言われている「私」とは、いったい誰のことか。いったいどこから来た「私」なのか。

引き続き、寺山のテクストの「私性」を批評した山中智恵子の言葉を見ていきたい。

寺山は我々の青春の典型ではない、という非難は当らない。典型をいうならば、如何に他人の空を歌おうとも、どこまでも私の声であるという、抒情の典型を示したのである。私は、歌のなかで何にでもなれること、私を除く他の何にでもなれるという方式を。声調として、私の声は歌の中にあり、他者と重層するが、現実の作者はすでにいない。これが作者意識をもって奉仕する作家の栄光である。(中略)

前衛は今や土俗化したという。そして虚構も亦、若い作家の守護神となり、嘘つきごっこが流行っているという。それが各々の作家の必然性に根ざし、自ずから選びとられたものならいい。安易な真実ごっこのそっくり裏側でなされているとしたら、それこそ〈私〉は死に瀕してしまうだろう。虚構は、実生活のアリバイのためにあるものではない。虚構の真実を、読者に確信させるような虚構の在り方を、前衛という洪水以後に登場する作家は、自らの営為でたてねばならないだろう。まことらしさの素面がみじめなように、嘘らしさの仮面もまた、劇を進行させはしないだろう。

ここに、寺山の「私性」に対する批評のみならず、山中自身の創作態度を読み取ることは可能である。特に「私を除く他の何にでもなれるという方式を。」という言葉には、山中の「私性」についての認識の深さが表われている。

山中は慎重に「私」と「〈私〉」を区別し、「私」としての「自己」と表現主体としての「〈私〉」を弁別している。また、「声調として、私の声は歌の中にあり、他者と重層するが、現実の作者はすでにいない。」という一文には、前衛短歌の成果を踏まえ、テクスト論を先取りするような鋭い認識が示されている。

それにしても、この文章の前半部分の屈折は何を意味するのだろうか。

寺山の短歌が、どのように虚構化して「私」を歌おうとも、それは抒情の典型を示したものであり、「私の声」の呪縛からは逃れられてはいない、という山中の認識が、なぜ、「私を除く他の何にでもなれるという方式を。」という次の文に繋がっていくのだろうか。

それは、「私の声」と「私」との次元の違いからもたらされる。「私の声」は、「私」の「声」ではなく、その後の文にあるように、「他者」と重層している「声」である。山中は、「私」としての「自己」がアプリオリに前提されていることの欺瞞を、寺山のテクストへの批評の中で、いつのまにか語っているかのようだ。

いっけん屈折して見える前半部分は、じつは短歌の「私性」に対する重要な示唆を提示している。その最後の一文、「これが作者意識をもって奉仕する作家の栄光である。」には、山中の自負心が表明されている。当時、「新しいリアリズム」を目指していた山中にとって、それは当然の自負心であった。後半の「虚構の真実を、読者に確信させるような虚構の在り方」とは、「新しいリアリズム」の試行に通底するものであろう。この文章が、第二歌集『紡錘』が上梓される前年に書かれていることを考え合わせると、意義深く思われる。

私たちは、告白的短歌を書かないだろう。だが、自己を実現すること。私の魂と作品が正しく照応することを希うだろう。告白を断念したところから、私を拒絶したかたちで、測りがたき私に会うためには、いくたびも〈私〉にたち帰り、インク壺の沼を濃くしなくてはならないだろう。内臓とインク壺が対立しない地点まで、短歌は来ているのではなかろうか。そして自己を語らずして〈こころ〉を歌うことは可能か――。

「告白を断念したところから、私を拒絶したかたちで、測りがたき私に会うためには、いくたびも〈私〉にたち帰り、インク壺の沼を濃くしなくてはならないだろう。」とは、柄谷の、「告白」という制度によらない「内面」の形成、表現主体としての「私」の形成が、詩的構造化によって指向されているようにも理解できる。

山中の論は、部分だけを取り上げて読むと、ポストモダン的な「私」が示されているように読めないわけではない。しかし、全体の文脈からすると、やはり前衛短歌以後の「私性」の認識の延長線上にあるように思える。

3

山中智恵子は「内臓とインク壺」で、マルセル・プルーストの『失われた時を求めて』第7編「見出された時」から、次の文章を引いている。

真の芸術の偉大さとは、われわれが遠く離れて生きているあの現実、つまりわれわれが代用している紋切型の知識が一段と濃度と不滲透性を増すにつれて、われわれが愈々益々遠ざかってゆくあの現実を再発見、再把握し、われわれに認識せしめることにあった。そしてその真の現実とは、われわれがそれを識らずに死ぬ恐れの多分にあるあの現実であり、それはまた、何がなしにわれわれの生活であり、真の生活であって、やがて発見され明らかにされる生活の唯一の生活、従って実際に生活された生活であり、或る意味では芸術家におけると同様あらゆる人間のうちに、あらゆる瞬間に住んでいる生活なのである。

この引用文自体は、相良宏のテクストの批評に使われているものである。「真の現実」を短歌によって創造しようとする山中の姿勢を、この引用文から読み取ることもあながちまちがいではない。

プルーストの『失われた時を求めて』は創造的な自叙伝であって、プルーストと作中の「私」との関係が創造という行為の秘密を映しだしている。プルーストによれば、この小説は、知性による意志的記憶ではなく、脆く頼りない感覚による無意志的な記憶の小説である。小説の後半で作中の語り手は、悲観的な人間観に対して、芸術のみが真の現実を構成するという認識に到るが、そのきっかけが無意志的な記憶である。

山中が引用した「見出された時」の文章は、まさに作中の語り手が、真の現実が、芸術の中に構成されていくことの意味を問うているものである。「真の現実」「真の生活」は、芸術の中で再発見、再把握されて構成されないかぎり、永久に失われたまま、わたしたちはその生を終える可能性が充分にあるという認識が示される。

ここで山中は、相良が「真の現実」「真の生活」に向けて、死を抱き、苦渋に充ちて作歌行為したことを自己の創作の根元に問い直しているようである。

山中はまた、次のようにも言う。

私たちが〈表現する人〉として置かれている苦しみは、この世の単なる日常的生と、その限界などの苦悩ではない筈である。私自身に由来する暗黒、そして、私を越える暗黒を通じて、言葉の光にかなしびという自己の存在を、いかに照らし出そうとするかにあるに相違ない。

私たちの生きている時代と、私という存在の深淵から、一つのリアリティへの通路を、その時代の感覚から見出すことができるのが、現代の歌人でなければならないし、そしてそれは、必ずしも現代的な風貌をもって現われる必要はなく、歌う人のアクチュアルな精神が、地に突きささった塔の水煙のように、今在る時間の空を貫くところに、現代というものはあるだろう。

これは、浜田到のテクストを批評した言葉であるが、この文章から山中の詩的表現に対する透徹した精神と認識を読み取ることができる。当時、実作中心主義的な短歌の世界にあって、このような深い認識に基づいて山中の短歌は作られていたのである。

山中はここで、「表現者」の苦悩と日常的な生の苦悩とを峻別している。自分に由来し、自分を超える暗黒を通じて、生に由来する自己の実存的な存在の悲しみを、いかに言葉によって照らしだすか、そこに苦悩の在りかを見ようとしている。また、自分が生きている時代のコンテクストと、自己の実存的な存在の深淵から「真の現実」への通路を同時代の創造的感覚から見いだすことを、現代の歌人に課す。

山中智恵子の作歌姿勢は論理と実作によって明確である。しかし、第二歌集『紡錘』から第三歌集『みずかありなむ』の時期には、その認識を実作のほうが超えているテクストが見いだされる。この2歌集の奇跡的な詩的達成は、散文化はもちろん、ほかのどのような言葉をもってしても翻訳が不可能であるという畏怖を覚えさせる。

私は言葉だつた。
私が思ひの嬰児だつたことをどう
して証すことができよう――

4

行きて負ふかなしみぞここ鳥髪に雪降るさらば明日も降りなむ
六月の雪を思へばさくらばな錫色に昏《く》る村落《むら》も眼にみゆ
青空の井戸よわが汲む夕あかり行く方を思へただ思へとや
この額《ぬか》ややすらはぬ額　いとしみのことばはありし髪くらかりき
さくらばな陽に泡立つを目守りゐるこの冥き遊星に人と生れて

これらは第三歌集『みずかありなむ』冒頭の一連「鳥髪」の5首である。言葉に対する畏怖をどのような形で受け止めているのか、それがテクストを決定する重要な用件であるのは言うまでもない。山中のこれらのテクストは、均質な意味の空間に「言葉《ロゴス》」による意味への亀裂が入っている。その亀裂から露出する「私」は、「私」と「他者」が交感するイメージの重層性を含み持ち、「アプリオリな私」としての「自己」への回収を無効にする。山中的な「主体」の詩的機能である。

山中の初期テクストでは、短歌の本質的な性質に基づく短歌的な技法を生かしつつも、独自の詩的達成を可能にする「言葉《ロゴス》」の力が働く。そこでは、リニアーな意味の形成に向かう力ではなく、詩的な歪みや散逸を含み持ち、「回帰的な自己肯定性」からまぬがれうるテクストを現象させる。山中の初期テクストの多くは、「アプリオリな私」としての「自己」に回帰するのではなく、隠蔽されている「アプリオリな私」という制度を露出させる働きを持っている。

事物を対象化して詩的構築を行なうのではなく、それ自体を世界とし、他の事物を言葉によって翻訳しない。この言葉、「短歌」そのものが山中の「私」であると言い換えられる。

つまり、「私は言葉だつた。」……。

山中のテクストを読むことは、山中の事後的な感動に身を置くことではなく、言葉の現前性に立ち合うことなのだ。そのことにこそ、「真のリアリティー」「新しいリアリズム」の可能性がある。

寺山修司が、短歌の構造的な負の側面として批判した「円環構造」と「回帰的な自己肯定性」から、山中智恵子の初期テクストは方法的にまぬがれている。山中が寺山のテクストの「私性」の意味をその冒頭で論じた「内臓とインク壺」は、そのまま寺山の短歌批判を克服すべき実作のパースペクティブを示しえている。繰り返し読まれるべき、すぐれたテクストである。

第9章　初期山中智恵子の「一字空白」の方法

『空間格子』から『短歌行』へ

私ははじめに、山中智恵子の第一歌集『空間格子』の内部だけで、一字空白を含むテクストについて分析を試みた（第1章参照）。しかし、この問題に関しては、『空間格子』の内部だけでの分析では不十分であった。機会があれば、もう少しまとまった論を展開したいと思っていた。本章では、第一歌集『空間格子』から第六歌集『短歌行』までのテクストを比較して、その性格を分析してみる。

1

まずはじめに、山中智恵子の一字空白を含むテクストが、第一歌集『空間格子』から第六歌集『短歌行』までの6冊の歌集で、総歌数に対してどのくらいの比率になるのかを見てゆきたい。『空間格子』は、一冊の歌集中に十年間にわたって試行されたテクストが収録されている。そこで、性格を異にする章段を三つに分けて示す。前半部分は「洪水伝説」〜「大三角」まで九つの章段、後半部分は「土偶と風の章」〜「わが曠しこと」まで六つの章段である。

第一歌集『空間格子』	〔前半〕	100首中34首
	〔後半〕	101首中11首
	「記号論理」全体	201首中45首
	「雅歌」全15章	79首中4首
	総数	280首中49首
第二歌集『紡錘』		250首中56首
第三歌集『みずかありなむ』		360余首中27首
第四歌集『虚空日月』		530首中3首
第五歌集『青章』		580首中20首
第六歌集『短歌行』		421首中14首

この数字からすると、『空間格子』と『紡錘』に一字空白を含むテクストが多いこと、『虚空日月』に極端に少ないことがわかる。また、『空間格子』の中で、一字空白を含むテクストがもっとも多いのが、『紡錘』への直接性が濃厚な「記号論理」の「前半」であることも確認できる。

次に、各歌集から一字空白を含むテクストを2首ずつ選出して構造的に見てみる。テクストを選ぶにあたっては、語彙的な条件をなるべく近づけるために、山中短歌の重要なキーワードである「鳥」、ないしはそれに準ずる言葉を含むテクストを優先的に選ぶことにする。なお、必要に応じて、歌集の性格、章段（連作）の性格を略記する。

『空間格子』
くりかへし見える焚書の火の行方　鳥刻む壺に呼吸す　（「暦」）
円をつらぬく径線の交叉　ほどけくる風景のなかの鳥の一点　（「偏在する鳥」）
『紡錘』
息細く土摶ち歌ふ咽喉はみゆ　かく鳥占の怯えたる鳥　（「塔」）
囀りはあかるき挫折　思ひより遠くひろがる鳥の浮彫《レリーフ》　（「鳥」）
『みずかありなむ』
きみはわが頭脳のほのほ　夏鳥の羽ふぶき啼く杉群も炎ゆ　（「会明」）
とぶ鳥のくらきこころにみちてくる海の庭ありき　夕を在りき　（「海の庭」）
『虚空日月』
さやさやと誰か杵歌す暁の星　廓たり桐の終《つひ》の花影　（「蜻蛉記」）
愛惜のふかきに散りてことばより　さもあらばあれ朝さくらびと　（「殘櫻記」）
『青章』
叛き歌青葉しげれる　たちまちに優しくなりし葦切の歌　（「短歌行」）
頰白のさへづりゐたる　朝の夢さめゆくきはを戀ふるものかも　（「青章」）

『短歌行』

鳥逐ふを見ばや　そよや揚雲雀　花はまた遠く散りゆく

しろがねの晝の星　雲雀　泉の緒おぼつかなくて人に逢はなむ

（「阿夜岐理《あやきり》」）

『空間格子』の2首は、『紡錘』との差異を鮮明にするために、「記号論理」の「前半」から選出した。『空間格子』の一字空白を含むテクストの比較は、第1章での分析を踏まえて、論を進めていく。

くりかへし見える焚書の火の行方　鳥刻む壺に呼吸す

（「暦」）

このテクストは、「暦」の最後に置かれている。「暦」では、戦後風景から歴史への名づけようのない幻想の通路が、「銅鏡」「土器」「壺」などを介して開かれていく世界が描かれる。作中主体はアクチュアルな世界にいながら、言葉の世界は歴史（古代）の幻想空間をかいま見せる。それは、プルーストの言う「無意志的な記憶」が開示される瞬間でもあるかのようだ。

この一首を、そのような理解に基づいて読むと、「鳥」が装飾として刻まれてある「壺」に、「焚書」という歴史的な事実が息づいていることを、作中主体が深く心にとどめて幻想し、感応しているように読み取れる。その意味では、この場合、一字空白は上句と下句の亀裂ではなく、それぞれの語彙的な象徴性が融合されたテクストの詩的空間を成立させる。

また、「焚書の火の行方」が、鳥を刻む「壺に呼吸」しているという像的な喩が難解なために、イメージの重層性ないしは分裂を招来する。その点では、上句と下句の有機的な直接性を含み持ち、テクスト全体の命題的な象徴空間を形成していながら、意味のカオスを引き入れる構造になっている。

このテクストの一字空白は、上句と下句にわたって漢字と漢字が続くことを避けるという表記上の機能がまず初めにあり、最終的には喩の機能の増幅に役立つという構造を持つ。その点では、「記号論理」の前半部分のテクストでありながら、第1章で分析した「洪水伝説」のテクストのように、一字空白の機能自体に意味のカオス、ないしはイメージの重層性をもたらす力が備わっているわけではない。ちなみに、このテクストの前は次の歌である。

　　青貝色に土器ぬれてゐるときもあり　二つの耳を隔てるなぐさめ

このテクストの場合は、下句の「二つの耳」が土器の形状に直接関係するものでないならば、一字空白を隔てて、上句と下句の語彙的な象徴性の差異が大きく広がり、ダブルイメージが等価な力で並立する。その際、結果的には、一字空白の機能自体が意味のカオス、ないしはイメージの重層性をもたらす言語装置と化していく。

このように見てくると、「暦」は「洪水伝説」ほどの実験性はないものの、『紡錘』に到る過渡的なテクストとしての役割は十分に備えているといえる。

「偏在する鳥」は「洪水伝説」「暦」に続く、三番目の連作である。この連作では、11首中5首が「鳥」というキーワードを含んでおり、統一的なテーマ性が強い。また、「鳥」が直接歌われていない場合も、背景に「鳥」を感じさせるものが多い。この連作で、「鳥」が重要なキーワードとして機能していることは、『紡錘』以後のテクストにとっても重要な問題を含んでいる。

しかし、内的風景が象徴化されている「偏在する鳥」は、外的なコンテクストを探求することが困難な連作である。敗戦後の世相の中の作中人物の現実的な側面は、幻想空間の中に吸い込まれている。

この一首には、意味的に理解できない言葉も表現もない。一字空白を介して、二句から三句に意味的な繋がりを求めることもできる。しかし、何度読んでも、理解できたという確信に到らない。それは言葉と表現が理解できるわりには、一首全体が抽象性に充ちているということもあるが、それだけではなく、「径線の交叉」が「ほどけくる風景」へと意味の連続性を充たすべきところを、むりに二句切れにしたために、亀裂を入れたような一字空白が存在して、奇妙なイメージの分裂を招くからである。また、一字空白を介して、二つの世界が並列して存在していると読めなくもない。

「ほどけくる」は、直接には「風景」を修飾しており、一字空白があるために、「径線の交叉」

とは断裂する。これは山中の意識的な一字空白の使用法として、確認しておくべき一例である。

「塔」は『紡錘』を代表する連作である。『ギルガメッシュ叙事詩』を背景に、山中の現在を主題にして、神話の世界と現実の世界を往還した『紡錘』の性格を端的に体現したテクストと言える。

息細く土摶ち歌ふ咽喉はみゆ　かく鳥占の怯えたる鳥　（「塔」）

このテクストの場合、一字空白の次の「かく」に着目することで構造が摑める。上句は一字空白を介して、副詞の「かく」に受けられ、下句の比喩的な表現になる。この場合、上句の情景と下句の情景は、次元を異にする二つの象徴空間を形成しており、「かく」がなければ本来的には結びつかない。

比喩表現の常套手段は、何らかのアナロジーに基づきながらも、意味的には遠いもの同士を結びつけることで、衝撃力を創り出すものである。このテクストでは、結びつくもの同士の象徴性が神話と現実を往還し、多義的な意味の階層化を形成している。上句と下句を結びつけた結果、「像」の重層性に基づく未決定性を表出する。これは詩的表現のぎりぎりのところで、短歌の構造的な詩型の力によって成立しているテクストである。

山中が一字空白を介しながら、あえて上句と下句を「かく」によって結びつけた意識的な行為は、注意されなければならない。このテクストは、「かく」の働きによって一字空白の必要がないのが普通のあり方だが、一字空白によって、表層的な直接性とは別次元の亀裂を予想させる。上句と下句の世界の成立基盤の差異と作中主体のカオスに還元されていく。意味的な繋がりは、深層に世界の成立基盤の差異を抱えながら、イメージの重層性を構成する。

この一字空白の機能は、上句と下句にかけて平仮名が続くことを避けただけの単純なものであるように見えながら、山中の初期テクストの特性を形成する重要な働きを担っている。

囀りはあかるき挫折　思ひより遠くひろがる鳥の浮彫《レリーフ》

（「鳥」）

「鳥」は『紡錘』の最後から二番目の連作で、かなり早い時期に作られたものであると思われる。その意味では、このテクストは『空間格子』の「記号論理」の「前半」に照応するものである。しかし、過激に一字空白を追求した「洪水伝説」のテクストと比較すると、一首全体に命題的な詩的象徴空間を形成しており、一字空白は二句と三句の間に断絶をもたらすものではない。

このテクストと「洪水伝説」の次のテクストを比較してみる。

捧げるものなくなりしという物語の絵　石庭に来て叫ばぬ石あり

（「洪水伝説」）

このテクストは、一字空白を介して上句の「物語の絵」が下句の「石庭に来て叫ばぬ石」を内容とするという関係性を仮に想定した場合、一首全体の命題的な詩的象徴空間を意識すればするほど、一字空白による亀裂が前景化してくる。上句と下句のダブルイメージを統括する言葉のヒエラルキーは成立せず、上句と下句で等価なイメージが並列される。ここに形成されるイメージの重層性は、詩的な豊かさよりも、詩的分裂の危険をともなったものになりかねない。先鋭的な実験性の前景化がイメージの分裂を招きかねない。

一方、「囀りは」の場合は、結句にいたっての「鳥の浮彫《レリーフ》」という語彙の意外性に戸惑わせられながらも、一首のイメージは一字空白の亀裂を超えて融合していく。これは、第一に作中主体の差異、第二にイメージの拡散と統合の原理の差異による。

「囀りは」の作中主体は、「洪水伝説」の作中主体と較べて明確な像を持つ。また、イメージの拡散は、一字空白を介して相互の言葉の交感による呼応関係によってイメージの統合化が図られ、言葉の詩的密度が高まっている。たしかに、結句の「鳥の浮彫《レリーフ》」まで読むと、「読み」の隘路に迷い込んだように思えるが、作中主体は「鳥」と重層的に形成されていながら、内的世界を直截に吐露しているため、イメージの統合は意外に容易である。ただ、散文化された意味は、「読み」の揺れがいつまでも収まらないため、難解な抽象性を残すのである。

『みずかありなむ』から選出した二作は、例示したものの中でもっともバランスの取れた秀歌と思える。ここでの一字空白の機能は、空白そのものを意識させずに一首全体の命題的な詩的象徴空間を形成する役割を担っている。

きみはわが頭脳のほのほ　夏鳥の羽ふぶき啼く杉群も炎ゆ　（「会明」）

「会明」は「記紀歌謡」「崇神紀」に取材し、大物主の神の妻である倭迹迹日百襲姫命《やまとととひももそひめのみこと》をテーマとして作られた連作である。これは、「きみ」を誰と解釈するかによって、理解の仕方が大きく異なってくるテクストである。「きみ」が「大物主の神」を指すのか、「倭迹迹日百襲姫命」なのかを決定する事項は、このテクストの内部にはない。また、その疑問に付随する問題として、作中主体を誰に推認するのかということが浮上する。

ただ、連作の構成上、「きみ」を「大物主の神」と認定し、作中主体を「倭迹迹日百襲姫命」に山中を重ねて解釈することは可能であるが、この一首に限定して「読み」を展開する場合、そのような認定が豊かな稔りをもたらすとは思えない。

このテクストを一字空白の機能に着目して読んでみると、一字空白の前の「ほのほ」が一字空白の後の「羽ふぶき」「炎ゆ」に照応し、次元の違う二つの喩的な表現が一つに融合して、詩的な象徴空間を形成している。この一字空白は、空白そのものを意識させることなく、それが絶対に必要であることを構造的に物語っている。ここにおいて、一字空白を含むテクストが完成された一つの形を見せる。

とぶ鳥のくらきこころにみちてくる海の庭ありき　夕を在りき　（「海の庭」）

これは、連作「海の庭」の第1首目である。このテクストでは、「鳥」と作中主体が融合して、実存的な生の憂いに充たされていく悲しみの蕭条とした世界が展開する。

内的世界を直接このような表現に置き換えることは、短歌形式以外にはできないのではないか。一字空白は、このテクストの場合、「調べ」を最大限に引き出し、生かすために使用されている。しかし、その役割はそれだけにとどまらない。一字空白を介して、「海の庭ありき」と「夕を在りき」は、言語レベルの違う二つの表現として提示されながら、一つの世界に融合され、詩的に象徴化されている。それは、「夕を在りき」が「夕もありき」ではないことから理解できる。

『虚空日月』には、次の2首を含めて、一字空白を含むテクストは3首しかない。収録歌数と前後の歌集の状況から考えて、極端に少ないということが言える。

さやさやと誰か杵歌す暁の星　廓たり桐の終《つひ》の花影　（「蜻蛉記」）

この一字空白は、上句から下句にかけて漢字が続くことを避ける実際的な側面と、夢幻空間を創り出す詩的構造的な側面とがある。

本来ならば、ここでは二句で切れて、「暁の星」は「廓たり」に繋がるほうが意味的な整合性を創り出すことができる。しかし、「暁の星」と「廓たり」の間に一字空白があるために、「暁の星」は前後のどちらからも宙吊りの状態にならざるをえない。一字空白のもたらすこの意味の捻れは、言葉の夢幻世界を招来する一つの契機になっている。あらためてこのテクストを読み下してみると、不思議な「調べ」のテクストであることが感応される。

もっとも、下句を倒置されたものであると考えることも可能である。その際には、「桐の終《つひ》の花影廊たり」と読め、上句と合わせて、整合性のある詩的世界が形成されていると理解できる。一般的には、後者の読みのほうが受け入れやすいかもしれない。

「蜻蛉記」は、現実の境界を越え、夢幻の世界に浮游しているような不思議な連作である。また、「蜻蛉記」を含めて、『虚空日月』のテクストは、淀みない、流れるような調べの歌が多いように思われる。

愛惜のふかきに散りてことばより　さもあらばあれ朝さくらびと　（「殘櫻記」）

「殘櫻記」は、伴信友の著書『残桜記』に想を得たものであるが、山中の夢幻世界は自在に世界も時間も超えて、独自の詩的空間を創り上げている。

ここでの一字空白の機能は、意味的な構造に深く関係している。本来切れるはずのない比較の基準を示す格助詞「より」のあとに一字空白を配することは、意図的な行為である。比較の対象であるべき「桜」は「より」のあとに配されずに、そこに空白があることによって、暗示させられるにとどめられている。「桜」はまるで「愛惜のふかきに散」るように、空白の中に散っているのである。このテクストの「調べ」の特質は、そのような意味的な構造と照応して理解されるべきである。

2

『青章』の「後記」には、次の言葉が記されている。

よはひ知命を過ぎ、『青章』などといふ、第一歌集にもふさふやうな、面映ゆい集の名を撰びましたのも、この詩型の円寂を否み、いくたびか初心を思ひ、わづかなりとも文体の深化と動きを期する希ひによるものです。

すでに山中智恵子以外には創りえない「言葉《ロゴス》の世界」を創造している人にして、このような言葉を第五歌集の「後記」に書き記すのである。

『青章』は、前歌集『虚空日月』と較べると、夢幻性は弱められている。村上一郎への誄詞をはじめ、親しい者の死に対する挽歌など、それまでには見られなかった身近な死にたいする鎮魂が直截に歌のモチーフになっている。「西奔の人に」（9首）の岡井隆、詞書に「茅ヶ崎東海岸佐美雄居」（3首）、「旧師岡本隆男喜寿を迎へたまふ」（3首）など、歌友、歌の師、旧師が具体的に素材になっている。このような傾向は次の歌集『短歌行』によって、さらに顕著になる。

しかし、そのような具体的なマチエールにあっても、山中のテクストが夢幻と現実の往還の中で創造されていることは前歌集までと変わりがない。ただ、言葉の面からも発想の根元にアクチュアルな傾向が強まっていることは確かである。

叛き歌青葉しげれる　たちまちに優しくなりし葦切の歌

（「短歌行」）

このテクストは、一字空白を介して、一首全体の「調べ」への重視が前景化しているように思われる。空白による時間の経過の暗示は、「叛き歌」と「葦切の歌」が照応しているだけに、効果的に詩的空間の形成に役立っているだろう。

頬白のさへづりゐたる　朝の夢さめゆくきはを戀ふるものかも

（「青章」）

このテクストは、一首全体のモチーフが一つの次元に統一されている。山中の初期テクストの中では、意味の解しやすい歌の一つであり、意味的、構造的に一字空白を必要としないテクストのようにも思われるが、このテクストの一字空白の機能には次のことが考えられる。

ここで、終止形の「たり」ではなく、連体形の「たる」のあとに、一字空白をあえて配することにより、本来ならば「朝の夢」に接続する言葉の働きを避け、そこに言葉の屈折を醸成して、効果的な「調べ」を形成する。この歌の場合は「調べ」が前景化されたのちに、意味の問題が付随するのではなかろうか。

第六歌集『短歌行』は、自己の身辺の出来事をマチエールにして、アクチュアルに歌ったテクストが目につく歌集である。古代への憧憬、夢幻への往還の歌がなくなったわけではないが、総体として平易な歌が多くなったというのが一般的な印象である。

選出した2首は、どちらも「阿夜岐理《あやきり》」の中にあるテクストである。「阿夜岐理《あやきり》」は、古面の「阿夜岐理」から想を得た連作を含みながら、親しい人への挽歌、また創作に対する感慨をも自分の身に引きつけて抒情的に詠っている。「阿夜岐理《あやきり》」という章段は、連作というより、モチーフを異にするテクストが、古面「阿夜岐理」から想を得た連作に収斂していく清寂な抒情性を湛えている。2首とも一字空白が二か所含まれており、これまでのテクストとは性格が異質である。また、どちらも破調であることが共通している。

鳥逐ふを見ばや　そよや揚雲雀　花はまた遠く散りゆく

（「阿夜岐理《あやきり》」）

このテクストは、はじめに「鳥逐ひ」を見たいという願望があり、最初の一字空白を介して、「揚雲雀」への詠嘆が提示される。次の一字空白のあとに別次元の内的風景が提示され、上句と下句の照応による詩的象徴化により、独特の抒情性が醸成される。

しかし、この破調のテクストに対しては、「調べ」への効果という面から一字空白を分析したほうが稔りがあるかもしれない。

このテクストの韻律の構造を「五・三／八／五・七」の二十八音と見れば、短歌と同じ五句形式で創られていることになる。しかし、感動詞「そよ」のあとの「や」は間投助詞であり、ここに切れがあると考えるのが普通である。そうすると、韻律の構造は「五・三／三・五／五・七」の二十八音となり、短歌とはまったく異なる韻律の一行詩ということになる。

そこで、二か所の一字空白は、この変形短歌（一行詩）の韻律をもっとも効果的に生かすための「調べ」に整えるべく配置されたのではないか、という仮説を立ててみる。この仮説から再検討してみると、二か所の一字空白は、次のような韻律構造に資するように配置されているのではないかと思われる。

はじめの一字空白は、〔「五・三」と「三・五」〕の対による上句を形成し、あとの一字空白は上句に対して「五・七」の下句を対応させる。また、二十八音の詩に空白の二拍を加えることで、一首全体の「調べ」を整える。上句と下句で次元の相違する内的風景が提示されていながら、このテクストに統合的な詩的象徴化が図られているとするならば、このような韻律構造に資する一字空白の役割を想定しなければならない。

しろがねの昼の星　雲雀　泉の緒おぼつかなくて人に逢はなむ
（「阿夜岐理《あやきり》」）

韻律構造の側面から一字空白の機能を分析すれば、「泉の緒」を「泉の緒《せんお》」と四音で読めば、全体は三十一音になり、短歌の韻律と同じになるが、次の理由から、「泉の緒」は「泉の緒《いずみお》」と五音で読まれるべきである。それは、このテクストの韻律構造が、〔「五・五」と「三」〕の対による上句と、「五・七・七」という片歌形式の下句によって構成されていると考えられるからである。二か所の一字空白の機能は、まずその観点から注視されるべきである。

また、「しろがねの昼の星」を「雲雀」の像的な喩と捉えれば、下句の「泉の緒おぼつかなくて」との照応が増幅され、一字空白の役割は「詩的な磁場」を形成することに資する。

なお、このテクストは三十二音に空白の二字を加えることで、一首が特異な「調べ」に整えられている。「阿夜岐理《あやきり》」の2首は、破調のテクストでありながら、それぞれ「や」音と「お」音の連続性に加えて、二か所の一字空白が「調べ」を整える機能を担っている。これは内的な情景をそのまま言葉に置き換える際に生じる韻律の屈折を、ぎりぎりのところで特異な「調べ」へと昇華したための工夫と思われる。山中の「調べ」への配慮は、あらためて細部にわたって確認されなければならない。

3

山中智恵子は、第一歌集『空間格子』の中でも、特に「記号論理」の「前半」の先鋭な実験性によって始発した短歌の詩的構造的な問題を、詩的象徴性と「調べ」への問題に集約して、一字空白を含むテクストに前景化したのではないか。その際、「記号論理」の「前半」では詩的象徴性の観点に偏りが見られたものが、第二歌集『紡錘』から第三歌集『みずかありなむ』を経ることによって、詩的象徴性と「調べ」の関係は昇華されていき、一字空白を含むテクストは成熟されたものになる。

一字空白が特に多いテクストが「記号論理」の「前半」であることは、短歌の詩的構造的な象徴性の問題について、山中が短歌形式をぎりぎりのところまで追求し、試行していた姿を髣髴させる。それは、山中の言う「新しいリアリズム」を短歌の構造的な側面から試行し始めていたことを示している。

この「新しいリアリズム」の追求は、『紡錘』『みずかありなむ』に継承されていく過程で、新たに山中独自の「言葉《ロゴス》」と山中的「主体」の問題、また「対話の重層性」の要素を加えながら、一字空白の問題性にとどまりえない展開を見せることになる。

一字空白を含むテキストの試行の「最盛期」が「記号論理」の「前半」から『紡錘』への過程であるとするならば、『紡錘』から『みずかありなむ』への過程は「成熟期」であり、『みずかありなむ』から第四歌集『虚空日月』への過程は、その意味では「終息期」である。

そして、第五歌集『青章』と第六歌集『短歌行』では、先行テクストの成果を踏まえたうえで、「調べ」への配慮に十分留意しながら一字空白を含むテクストは形成されている。

いずれにしても、山中智恵子の「調べ」への配慮は、総体的かつ絶対的なものである。

おわりに

山中智恵子の初期テクストの持つ「言葉《ロゴス》」と韻律の魔力は、散文化と物語性、そして「私語り」から遠く離れたものである。その意味では、容易に近づきがたい詩的達成として鮮烈な言語世界を構築している。短歌のリアリティーの在りかを経験的共感に置いているかぎり、山中の初期テクストに内在するリアリティーは理解しがたく、永久に難解なテクストとして敬して遠ざけられる風潮が続くだろう。

山中智恵子が『空間格子』という詩的試行の果てに見いだしたリアリティーは、「私性」の異化と同時に、「言葉《ロゴス》」そのものへと向かうリアリティーであるだけに、一義的に定義し、観念化できない実在と非在のカオスをかいま見せる。言うならば、山中の初期テクストが提示しているリアリティーは、短歌において、「言葉《ロゴス》」の存在自体がリアルであることを露出しているものである。それは、そのテクストの「言葉《ロゴス》」自体が一回性の現象として獲得しているリアリティーである。これは山中自身にとっても反復不可能なものである。

山中の初期のテクストは、複製不可能なテクストとして私たちの前に屹立している。山中の初期テクストは消費されざるテクストである。

この論考で、私は初期山中智恵子の方法を分析することを論の基盤に据えた。私が警戒したのは、山中を詩的霊感に充ちた巫女的な歌人として封じ込めてしまうことであった。私はこの論を始めるにあたり、そのような先入観をいっさい捨象した。

山中智恵子は短歌を創作するにあたって、一方では緻密な計算に基づき、一方では「抽象という直接法」という言葉が指し示す大胆な創作方法を実践している。またヴァレリー体験や、富士谷御杖の「言霊倒語」説が山中の初期テクストに与えた影響も見逃すことはできない。山中に対する巫女的な歌人という命名は、あくまでもテクストの印象から導かれたものにすぎない。そのようなベールを剝がさないかぎり、山中の真の姿が見えてくることはない。

現在の歌壇は山中の初期テクストの価値が顧みられるような状況からは遠く隔たっている。山中の初期テクストの創造を可能にした文学環境も失われて久しい。しかし、私は芸術のみが真の現実を構成するというプルーストの想いを、山中の初期テクストが体現していることを確信している。そして、短歌が「詩」であることの本質的な意味を、山中の初期テクストから感受できることを無上の喜びとする。

私は山中の初期テクストに対する感動を手掛かりに、何の当てもない言葉探しの旅に出かけた。今から考えても、それは滑稽なくらい無謀で、不安な旅であった。どこに行き着くのか、その方向すら不明のまま、この文章は書き継がれた。私が強く思っていたのはただ一つのことだけであった。山中智恵子の初期テクストを過去のものにしてはいけないという思いであった。

私は山中のテクストが内包する意味のカオスに身を委ね、漠然とした一つの思いを引き寄せていた。それはジュリア・クリステヴァの「ル・セミオティック」である。短歌において「ル・セミオティック」を体現したテクストがあるとすれば、このようなテクストを指すのではないかと思われた。もっとも、私は「ル・セミオティック」を正確に理解していたわけではない。あくまでも印象に過ぎなかった。また、現時点から考え直してみると、それは、「ル・セミオティック」よりも、むしろエレーヌ・シクスーの「エクリチュール・フェミニン」により近いものではないかと思われる。いずれにしても、私が山中の初期テクストに感受した女性性は、その後の山中智恵子論の根幹の一つをなしている。私が山中の初期テクストの「言葉《ロゴス》」が女性性を体現したものであると考えるのも、『紡錘』の初読の印象から発展的に導き出されたものである。また、山中的な「主体」の考察も、それに基づいていると言っても過言ではない。

山中智恵子の初期のテクストには、創造的な新しい意味を生み出す、原初的な言葉の欲動が体現されている。本稿が山中の初期テクストの本質に、少しでも言葉を与えることができているのならば幸いである。

＊

この評論集には「初期山中智恵子のテクスト」を論じたもののみを収載した。これらの文章を「Es」に連載するに当たって、同人から賛意を得られたことは心強かった。大原信泉さんはいつものようにすばらしい装丁をしてくださった。北冬舎の柳下和久さんにはご親切をたまわった。みなさんに御礼を申し上げる。

また、岡井隆先生のお仕事からいつも多大の刺激を受け、それがこの本にも反映していることを最後に記しておきたい。ありがとうございました。

この拙い評論集を山中智恵子さんの御魂に献げたい。

◇資料

「一字空白」のある全テクスト　第一歌集『空間格子』より第六歌集『短歌行』まで

第一歌集『空間格子』

「記号論理」前半

1 教会はクレドに満てり　風下の濡れた土手の下の羊歯の化石

2 傘を廻せば別離の空がひらけゆく　古拙の眸にみつめぬ少女

3 皿の上に載せられて青き魚とレモン　切り離されしレクイエム・ミサ

4 捧げるものなくなりしという物語の絵　石庭に来て叫ばぬ石あり

5 幾たびひろがりて止む礁島の原子雲　偶像は泥の足して

6 日に日は継ぎて相分つなき布を縫ふ　楽観の族劫罰よりとほき

7 肉に賭けしこと易し　縄文土器の方形の口照らされてゐて

8 弓を射る痩身の影　群となり急ぎゆくものらの遠近

9 つるされし土偶の意味は風がはがす　手を泳がせてひとはゆきもどり

10 離されゐし陶片をつぐ　伝説の洪水いつも静かに来たり

（以上「洪水伝説」）

11 相似たる明日の形影　置き去りし暦のなかの小石の重く

12 青貝色に土器ぬれてゐるときもあり　二つの耳を隔てるなぐさめ

13 **くりかへし見える焚書の火の行方　鳥刻む壺に呼吸す**

（以上「暦」）

14 遠き河ひらめきながる地の平衡　涸れた井戸にこほろぎが鳴く

15 **円をつらぬく径線の交叉　ほどけくる風景のなかの鳥の一点**
16 水盤のひかり映れる壁の前　火の線となり遠し尖塔
（以上「偏在する鳥」）
17 石階を降りゆけば海　眼のひかりに遠融のものら輪廻の曲率
18 水隠れゆき低くうたへり風の母音　海の石階に象られし唇
19 曝されし貝殻の渦　生れしままのまどろみに満す諧和の時間
20 小刻みに砂を歩みて耳熱し　放たれし鳥の記憶射影す
（以上「曲率」）
21 拡大され無数の突起のばす貝の卵　微少なるものの陰陽
22 外套膜ふるはせてもぐる貝の列　埋没の足優雅なればよし
23 風の系列ぞ　はてもなき干潟の俯瞰図におどろきもなし
（以上「貝類図譜」）
24 ものの輪郭消して降りつむ夜の雪デイアナ像よ　走るかなしみ
25 肩に置かれし指は流離の時を数へ　際限もなく飛びたつ小鳥
26 解体し途方もなく飛ばす愛の仮説　憂愁は一枚の絵となり
（「走るかなしみ」）
27 聖譚曲尽きるまで眼をあげてゐるかくまはれし冬　とほく鳴る春雷
28 花馬酔木のまどかなひかり揺れる額　未来を焚くもひとつの期待
29 虎耳草のこまかき花蕚のつくる影　どんなにやさしい歌も朝に
（以上「忘却曲線」）
30 穂すすきの招きのはての空の青　衰へゆきし荆棘の思想
31 山茶花の花をつなげる夜の糸　バッハの楽章かがやきて凍る
32 山茶花の窓に張りつく水蒸気　凝集されし星の運行
（「形象」）
33 風がくれしいのちなり手には空車　すまされて白き北冠の座
34 恋の快癒　風鳴りすぐる塔の天女　さわやかに秋は距離ある微笑
（以上「大三角」）

「記号論理」後半

(なし)

（「土偶と風の章」）

35 さかさまに陥ちゆきし模像火を放てり　ととのへし諧調にまた生きるべし
36 薔薇の枝にかこまれてゐる朝の貌　つくられた空間は抜け出づるべし

（以上「粗描」）

37 押しあぐればそれより速く陥つる巨石　悲歌うたふ群像に朝あけてまた夜
38 光なく重く渦まく人のながれ　眼をもてるひとがまたそこに溺れ

（以上「石をつむ群」）

39 植物の群生か静かなる医師らの手　失はれゆく意識の際に
40 我を知るもの一切を断絶す　青銅の盤こぼたれし晩夏
41 傷つけられ鏡の向ふにはもうゆけぬ　キラキラと降れり青き落葉
42 旋律にしたがひてゆく　窓のやうに白く癒えしは傷口ばかり

（以上「牧歌」）

43 はりつめて硬き冬空氷る河　山鳩は歌を神にあづけぬ
44 かけがへなき変身して森に樹をみがけ　風よりも風のやうに否定の像あり

（以上「木管楽器」）

45 眼の火消えず遠くから来る樹々の連禱　甲虫の背に刺青をせむ

（「わが矚しこと」）

「記号論理」前半　100首中34首
〃　〃　後半　101首中11首
〃　〃　全体　201首中45首

「雅歌」

46 地熱護るトバル・カインの槌の音　心すまし聴けばこの世は雪降り　（「春」）

47 月代と稲田はるかな木幡道　追へ未来を織りしものを　（「鏡像」）

48 夜の霧きりひらくやうな車窓の灯　過ぎゆきて眼の冷たい痛み　（「霧」）

49 我に来よ眉ひきしむる阿修羅仏　遠い凍雲に火花が散れば　（「冬」）

「雅歌」全15章　79首中4首

『空間格子』全体　280首中49首

第二歌集『紡錘』

1 わが歩み過ぎゆけば陥つ　ひとつ滝彼岸の瞼夜に入らむと

2 夕日照る胸分けの山　刻刻に声かけめぐる湍より昏れて

3 問ひがたし　心とよみて甲骨の刻文に夕日あらはなり　（以上「青蟬」）

4 みなかみの石に出で入るわが影の胴のかたちか　思ひ熄みなむ

5 少女らの晴のあそびに似る会話　まつむし草や朝花の萩

6 樋をひきてくらき水影　平出の泉に亡くすわが水影を　（以上「鎮石」）

7 菜殻束骨に火を閉づ　闇をゆくこのひそけさも恃みがたしも

8 みづからを思ひいださむ朝涼し　かたつむり暗き緑に泳ぐ　（以上「水沼」）

9 捕囚らに綱うてる碑よ　鳥のごと痩せたるまなこ槌にて打ちぬ

10 息細く土搏ち歌ふ咽喉はみゆ　かく鳥占の怯えたる鳥

11 木を植ゑて歌ふ捕囚の唯一神　その面貌をかくさるる神
12 常暗を織りしなぐさめ　人間に聖塔・天と地の基の家《ジッグラド・エ・テメン・アン・キ》
13 砂漠にて井戸炎ゆる　口中の棘もえてきみ眠らざらむか
14 あきらかにこゑ過ぎゆくを唯一神　死坑のうちに貌むけたまへ
15 まぼろしか、ゆきゆきて原中に車輪みゆ　岩に彫る神のまぼろし
16 乳酪にあふるる五月　木石を祈りて母は水のほとりに
17 鳴りいづる未明の杉や　生命の樹伐りに伐りても形はるけく
18 水中に葦の影折れ　少年にてすなどるきみは瀝青の眉
19 眼の窩に灯ともすばかり砂にゐつ　まぼろしの河道夜半に移ると
20 ひとたびのうなじ清めて風の塔かたむきのぼる　蒼海は見ゆ
21 麦の穂にはじめ思ほゆ　しののめの捨身のひとつそよぎてありき
22 うらやかに舌のみありき　河過ぎてより裔なきものの歌うたはなむ
23 この塔の空つくりつつ風ははらふ　今日あらばわれに一脈の血を
24 墳にしたたる水受けてたつ揺身よ石仏よ　夜の水位越ゆ
25 束の間をしるせる稚き　環状に石組みてそこに不死の陽炎
26 痛みの日汝は呼べり　青嶺踏み浮びきてその氷見の痩面
27 麦稈の火は流れその肩は灼く　彦星《アルタイル》暁まで憩へ
28 石の野を夏生ひ出づる石はみゆ　ありつつもゆきあはざるを
29 春の獅子座脚あげ歩むこの夜すぎ　きみこそはとはの歩行者
30 汝があゆみ窓枠かたきわが睡り踏みしだきゆく　こころ醒めざれ

（以上「塔」）

（以上「玄」）

（以上「夏」）

31 おもひそめむわが紡錘絲　遠域に倒るる木木の素描のために

32 壁にとぶ羚羊を射て黒描の夜夜を経つさはれ　さきくいませ

（以上「星蝕」）

33 眼にみえて暗は愛し　絡繩の土器の底あかときやみに澄み

34 洪水後の鵙のこゑ幻夢《げんむ》影焔《やうえん》の魂削る　きみはかならず生きよ

35 わがまことつかのまにすぐ　ゆきくれてくがたちの丘を越ゆる木枯

（以上「紡錘絲」）

36 銅板の鳥しづみきて胸を刺す　傷らずばなほ羞しき翳り

37 完からずひとへの問ひの　寒井に掌をつきて空よりも星邃し

38 朝空に雲雀の咽喉の燧石　盲ひしのちにわが選ぶとき

39 蜜蜂の巣をかたどりて烱る星　彼処過ぎなばわが怒りの市

40 封じ終んぬ　壺に青き梅底ふかく汝がための海原の星

41 菜殻火もえ　いくその時継がむわがこころつたなくて押す楽鐘器《カリヨン》

42 花ややすらふ　禱りふかきにすきとほりつつ頭部欠く地母神

（以上「花しづめの歌」）

43 赴きて砂漠ならば甦らむ　三本の足に立つ黒き鼎

（「鼎」）

44 きつちりと石は積まれ隈なく光置き瞼よ　わが胎すミノトオル見よ

45 遠き電話きりて海見ゆ　眼のとどく小さき島の点列ぞ濃き

46 犠首文の壺に憩はむ　断ちしときわがことば直道をかへりくる

47 心のみあふれゆき街に扇選ぶ　光る彗星のやうに少年らすぎ

48 なすな恋　冬なかぞらに愛しきを魂匣のごと硝子泡だつ

49 石堆の石の蒼白　快晴の野をゆきてかもすものなきに

50 **囀りはあかるき挫折　思ひより遠くひろがる鳥の浮彫《レリーフ》**

51　ひとの眸の薄き底ひにかがやける森あり　いづこに出でむ
52　陽とともに沈む水辺の〈夏の家〉クレエは描きし　対話の家よ

（以上「鳥」）

53　褪せし眸によびて歌声の日暮をゆく　山焼ける火かわが荊棘《いばら》の火
54　波頭きらめきよせて砂しみゆく　聖痕の頚はたてて歩まむ
55　礎石掘る真上にとべる鳩の群　たぐひなき没落はわが神の春
56　檜原ゆき　雪ちかづくと空仰ぐ脈動星も間なく昇らむ

（以上「目睫」）

『紡錘』全体　250首中56首

第三歌集『みずかありなむ』

1　この額《ぬか》ややすらはぬ額　いとしみのことばはありし髪くらかりき
2　鉄骨の林の空にゆきめぐるわが弾道の　いざ鳥ことば
3　〈われら血の時計〉クレエ記す　さかさまに鳥は描きしよ
4　夕こだま　明日のこだまの陽のこだま耳しひてわれはみるばかりなる
5　互みに骨かぞふばかりに呼びて越ゆ　真青まほろば　夏消えぬ雪

（以上「鳥髪」）

6　朝ひらく扇の川のかはたれを眼より孵れる石巣あり　はや
7　発ちゆきし彼方の声に青空は念へかも鳥　雪のまほろば
8　水めぐる無明　無名鬼・点燈鬼、筆折らざればわが心殺る
9　きみに向ふまなこを流すねむりながす　麦の丘高く馬頭かがやき

（以上「離騒」）

10　胸底をさかのぼる千千にくらかりき　とよのあかりの斎瓮沈むと

11 膚立つ杉の深処に神をみず　金山毘古《かなやまびこ》は嘔吐《たぐり》の神ぞ
12 結界の杉群よ濃き梯立よ　あはれみを否みわれはゆくべし
13 **きみはわが頭脳のほのほ　夏鳥の羽ふぶき啼く杉群も炎ゆ**
14 この甕や陽のやどる甕　夕光に速蜻蛉とぶ村をたもちて
15 鳥追ひの青旗なびく稲の村　まぼろしの日のいくつ訪はむか
16 わが生けるこころ胙《ひもろぎ》　他国はけものの血もて田作るときく
17 みなかみの思ひをすすぐ　あらはれて立坑の牛馬わが肩を越ゆ
18 三輪山ゆさしいづる陽を負ふべしや　罪ほとばしり水配るわれの
19 何事か在りしのみ　明日あかときをふみとどろかす足裏愛しも
20 うなじ剛くきみもありなむ　大いなる麦の壺砕く何ぞはるかなる

（以上「会明」）

21 緑青に錆びゆく一指　森ゆかば日に献ぐごと馬首を返さむ
22 更けて星　曼茶羅となる沙の上ふみとどめなむ流沙のおもひ

（以上「馬盥」）

23 尾根は雪　なぎさは沙の波越ゆる平原の思ひむなしからぬを
24 春さむき鳥住はいづこ　かかる日を活ける水もちてひとは歩むか

（以上「鳥住」）

25 **とぶ鳥のくらきこころにみちてくる海の庭ありき　夕を在りき**

（「海の庭」）

26 天球図に蝶を泛べて画工ありき　うつそみはあへかなる青とおもひき

（「夏鎮魂」）

27 夕しづかに羽降りしづむ天はみゆ　夜渡るこころそのをちにみゆ

（「鳥風」）

『みずかありなむ』全体　360余《ママ》首中27首

第四歌集『虚空日月』

1 **さやさやと誰か杵歌す暁の星　廓たり桐の終《つひ》の花影**

2 いかに飢ゑたりな海此岸　夢幻山藤ひとひのこころ　（以上「蜻蛉記」）

3 **愛惜のふかきに散りてことばより　さもあらばあれ朝さくらびと**　（「殘櫻記」）

『虚空日月』全体　530首中3首

第五歌集『青章』

1 山鳩のみこと歌へる数へ歌　木霊《こだま》蚕玉《こだま》の蛾の忘れ眉

2 **叛き歌青葉しげれる　たちまちに優しくなりし葦切の歌**　（以上「短歌行」）

3 六連星すばるみすまるプレアデス　草の星ともよびてはかなき　（「草星」）

4 明星石　降石といふ遊び石信あるもののごとくわが拠る　（「戀角」）

5 **頬白のさへづりゐたる　朝の夢さめゆくきはを戀ふるものかも**　（「青章」）

6 絶間なき昼の邯鄲　若夏の草木暗く時昧《くら》かりき　（「風騒」）

7 大汝　翁の星よ童蒙の砂塵をこめて吹き荒れにける　（「古鏡開始」）

8 魂よ反れ　否反らざれうつそみのきみはやすけくなりたまひたり

9 〈ひとの世の礼《いや》〉とはじめに歌ありき　あたたかき手の過ぎたまふなり

10 情念のみ骨洗はむ　つらからぬ心ぞつらくやさしかりける

11 滄浪ぞ清める　つひなることとひに大悲者きみをいかに歎かむ

12 潮みちぬ　常世の雁の風の書を見すべききみがありといはなくに

（以上「滄浪ぞ清める——村上一郎師誄詞」）

13　星正名　杳《はる》かなりけり仰ぎみる額星にしてまぎれあらずも　（「哭　星正名」）

14　権現の駅にはさくら　みづ涸れて壹志《いちし》家城《いへき》の水駅過ぎつ　（「踏歌」）

15　こがらしは青し　かの星か反逆のかたちにあらばひとも憩はむ　（「散開星団」）

16　凬　雲にしじまはかよひ透きとほる草木のなか人歩ましむ　（「雪より麦へ」）

17　うつしよのあそび　しかあれうちあげて空のみすまる夢の緒灯す　（「夢の緒」）

18　ほのかなる草の夕ぐれ踏みゆかばむぐらの蝶よ　乳海の子よ

19　青きものことごとく捨つ　青峠誰がいにしへかここに通はむ　（以上「古詠考」）

20　柿もみぢ落ちつくしたりつぶら目の山鳩は来てみ籠《こ》よ　みこもる　（「夜の霜に」）

『青章』全体　580首中20首

第六歌集『短歌行』

1　蜂の巣は太陽の騶　夏出でぬこの軒にしてとびめぐりたり　（「夏」）

2　たびびとよ夏の葉さやげ　水分《みくまり》に青きかけすは啼かざりしかも　（「旅」）

3　いくたびか夏過ぎてわれはみぬものを鳥のと屋山　源五郎星　（「恋」）

4　われらまた楫を絶えたる　海に対きみづがめうを座　秋のひとつぼし　（「短歌行」）

5　〈かくて得逢はぬころ凬ふくつとめて〉といふ詞書　天に到れば凬なきものか　（「暁星」）

6　うつぼ　そよいせものがたりきれぎれに飢ゑて渡れる雁を忘れず　（「庭——わが戦後」）

7　ゆふぐれのあそびははてて錠の口　銃眼は空に在りたり　（「錠之口」）

8　ああ船首　人は美し霜月のすばるすまろう夜半めぐるらう　（「星肆《ほしくら》」）

9　すひかづらの社ありしはしやが白き貴船なりしか　春蟬鳴きつ　（「繊沙《まさご》」）

10　平城・伊勢・長岡・葛野《かどの》　蛾眉ひくごとくきみは超えたり　（「夏の門」）

11　ひとすぢの道の幻さざれ石あまつみか星　宇智の陵　（「宇智野」）

12　**鳥逐ふを見ばや　そよや揚雲雀　花はまた遠く散りゆく**

薄暮藤内茂夫氏はわが積年の主治医なりき。

13　夏うぐひす藤内薄暮過ぎたまふ　ひととせののち悼みの句あり

14　**しろがねの晝の星　雲雀　泉の緒おぼつかなくて人に逢はなむ**

（以上「阿夜岐理」）

『短歌行』全体　４２１首中14首

「6歌集」合計２４２１首中１６９首

◇参考文献一覧

第1章　『空間格子』の方法1
岡井隆『現代短歌入門』大和書房　1969年10月

第2章　『空間格子』の方法2
『ギルガメシュ叙事詩』矢島文夫訳　ちくま学芸文庫　筑摩書房　1998年2月
『旧新約聖書』日本聖書教会　1982年版

第3章　『紡錘』の方法1
塚本邦雄『詞華栄頌』審美社　1973年10月
『山中智恵子論集成』田村雅之編　砂子屋書房　2001年7月
『短歌の本』2　筑摩書房　1979年11月
『ギルガメシュ叙事詩』(同前)

第4章　『紡錘』の方法2
吉本隆明『写生の物語』講談社　2000年6月
『旧新約聖書』(同前)
バーバラ・ウォーカー『神話・伝承事典』山下主一郎、他訳　大修館書店　1988年7月
『吉岡実全詩集』筑摩書房　1996年3月

第5章　『紡錘』の方法3

山中智恵子『三輪山伝承』紀伊國屋新書　紀伊國屋書店　1972年5月

『折口信夫全集』第十五巻　中央公論社　1955年1月

川村湊『言霊と他界』講談社学術文庫　講談社　2002年12月

『山中智恵子論集成』(同前)

加藤治郎第三歌集『ハレアカラ』砂子屋書房　1994年6月

吉本隆明『定本　言語にとって美とはなにかⅠ』角川選書　角川書店　1990年8月

第6章　『みずかありなむ』の方法

『ヴァレリー全集カイエ篇2』佐藤正彰・寺田透訳、筑摩書房　1982年4月

現代歌人文庫『山中智恵子歌集』国文社　1977年12月

早崎ふき子『美の四重奏』雁書館　1993年12月

中公バックス世界の名著66『アラン・ヴァレリー』桑原武夫・河盛好蔵訳　中央公論社　1980年3月

「現代短歌雁29号」雁書館　1994年4月

『ドゥイノの悲歌』岩波文庫　手塚富雄訳　岩波書店　1957年12月

第7章　『みずかありなむ』の方法2

『ドゥイノの悲歌』(同前)

『討論・現代短歌の修辞学』三枝昻之　ながらみ書房　１９９６年３月

第８章　「私性」についての断章
柄谷行人『ダイアローグⅡ』第三文明社　１９９０年６月
柄谷行人『日本近代文学の起源』講談社　１９８０年８月
「短歌」角川書店　１９６２年６月号
『山中智恵子論集成』（同前）

◇初出一覧

第1章　『空間格子』の方法1　（「Ｅｓ群蝶」２００１年5月）
第2章　『空間格子』の方法2　（「Ｅｓ彼方へ」２００１年10月）
第3章　『紡錘』の方法1　（「Ｅｓパラディウム」２００２年5月）
第4章　『紡錘』の方法2　（「Ｅｓ黒月」２００２年11月）
第5章　『紡錘』の方法3　（「Ｅｓ脈」２００３年5月／「Ｅｓ空の鏡」同年11月）
第6章　『みずかありなむ』の方法1　（「Ｅｓ伽藍」２００４年5月）
第7章　『みずかありなむ』の方法2　（「Ｅｓナジェーナ」２００４年11月）
第8章　「私性」についての断章　「内臓とインク壺」を中心に　（書き下ろし）
第9章　初期山中智恵子の「一字空白」の方法　『空間格子』から『短歌行』へ　（「Ｅｓカント」２００８年6月）

本書収録にあたって、加筆、削除がなされました。

著者略歴

江田浩司
えだこうじ

1959年(昭和34)、岡山県生まれ。著書に、歌集『メランコリック・エンブリオ―憂鬱なる胎児』(96年、北冬舎刊)、長編詩歌作品集『饒舌な死体』(98年、同)、現代短歌物語『新しい天使―アンゲルス・ノーヴス』(2000年、同)、歌集『ピュシスピュシス』(06年、同)、エッセイ集『60歳からの楽しい短歌入門』(07年、実業之日本社刊)がある。「未来」編集委員。短歌誌「Es」同人。
住所＝〒201-0001東京都狛江市西野川2-30-2
E-mail＝eda_h77@yahoo.co.jp

私《わたし》は言葉《ことば》だつた
初期山中智恵子論

2009年10月10日　初版印刷
2009年10月20日　初版発行

著者
江田浩司

発行人
柳下和久

発行所
北冬舎
〒101-0062東京都千代田区神田駿河台1-5-6-408
電話・FAX　03-3292-0350
振替口座　00130-7-74750
http://hokutousya.com

印刷・製本　株式会社シナノ

© EDA Kouji 2009, Printed in Japan.
定価はカバー・帯に表示してあります
落丁本・乱丁本はお取替えいたします
ISBN978-4-903792-20-0 C0095

北冬舎の本＊

メランコリック・エンブリオ	江田浩司	憎しみの翼ひろげて打ち振れば少年の雨期しずかにめぐる	1942円
饒舌な死体 ポエジー21②	江田浩司	死体は死ねない。わたしの足の水虫は夢を見る。	1400円
新しい天使	江田浩司	微熱に狂気を孕み、〝新しい天使〟の出現を夢に見る、長篇現代短歌物語	1800円
ピュシスピュシス	江田浩司	たった一つのリアルをつくす営みが金輪際をゆきて帰らぬ	2400円
われはいかなる河か 前登志夫の歌の基層	萩岡良博	フォークナー、リルケなど、世界の文学を視野にして詩精神に鋭く迫る	2600円
戦争の歌 渡辺直己と宮柊二 [北冬草書]3	奥村晃作	戦場の歌人の日常を丁寧に描いて、戦争の短歌の真の意味を追求する	2200円
梶井基次郎ノート	飛高隆夫	純質の詩精神が生んだ、珠玉の作品群の魅力と創作の秘密を読み解く	2000円
詩人まど・みちお	佐藤通雅	「ぞうさん」の作詞で名高い〈詩人〉のほんとうの魅力を探究する	2400円
北村太郎を探して 新訂2刷	北冬舎編集部編	北村太郎未刊詩篇・未刊エッセイ論考＝清岡卓行・清水哲男、ほか	3200円

＊好評既刊　　価格は本体価格